나는 내가 아픈 줄도 모르고

— 어느 간호사의 고생일지 —

김채리 지음

목차

Chapter 1. 통증

2012

2013

2014

2015

2016

Chapter 2. 통증 조절

여행

술

책

고생일지를 다시 출간하며

2016년 가을, 나는 응급실 간호사 5년 차로서 첫 직장이었던 대형병원을 퇴사하며 신규 간호사의 성장 일기 같은 이 글들을 독립 출판물로 엮어냈다. 그때엔 사실 책을 낸다기보다 그저 기록을 남기자는 생각이었다. 당시 사용한 필명 212129는 2012년도 병원 입사 당시 부여받은 사번이었는데, 병원 재직 기간 동안 이곳저곳에 산발적으로 남겨두었던 내 기록들을 모아보며 어떻게 입사 시 화이팅 넘치고 명랑했던 나를 잃고 212129라는 사번으로 시들어버린 건지 되짚어보는 시간을 가졌다. 홀로 크라우드펀딩을 통해 출간했던 독립 출판물은 간호사 커뮤니티와 동료들 사이에서 알음알음 알려져 완판하고 재인쇄도 했다. 그 이후 이메일이나 SNS를 통해 종종 답장을 요구하지 않는 연락들을 받았는데, 그중 대개는 이 책이 얼마나 본인에게 얼마나 와닿았는지, 이 책으로 얼마나 위로받았는지를 얘기하며 감사의 인사를 전했다. 메시지에 잔뜩 담긴 진심을 읽고 오히려 내가 다시 힘과 용기를 얻어 더 기록하고 기록을 장려하는 간호사로 살아야겠다고 다짐하곤 했다.

이 책은 다른 간호사들이 낸 훌륭한 책들처럼 무언가를 가르치는 지침서나 길을 알려주는 안내서가 아니다. 하지만 어떤 책은 답을 주고 어떤 책은 질문을 던지듯이, 이 책으로 독자들이 스스로 유의미한 질문을 던지고 자신만의 해답을 떠올리는 기회를 얻길 바란다. 이를테면, 내가 책을 쓰는 동안 좋은 간호사가 되고자 하는 순수한 열정, 알게 모르게 찾아오는 번아웃, 안전한 업무 환경이나 건강한 조직 문화에 대해 다양한 고민을 해보게 된 것처럼 말이다.

오랜만에 고개를 들어보니 우리가 해 오던 일은 비슷할지라도, 세상이 우리를 바라보는 시선은 훌쩍 바뀌어 있었다. 메르스와 코로나의 시대가 지나갔고 90년생들이 왔다. 폐쇄적인 공동체주의의 간호 사회에서도 개인주의가 목소리를 갖기 시작했고, 문제 해결 방식 또한 간호 대학의 간호사 대량 배출 같은 단기적 대책보다 간호사 처우 개선과 같은 지속 가능한 대책으로 방향이 변화하고 있다. 언론에서 의료진의 노고와 고충을 보도하면서 세상이 간호사를 바라보는 사회적 시선도 이전과는 많이 달라졌다. 이토록 빠르게 변하는 사회에서 간호사들에게 여전히 희생정신을 강조하는 것은 구시대적인 인재상을 고집하는 것과 같다. 과연 어디까지가 건강한 직업 정신인지, 선한 동기를 어떻게 다루어야 고갈되지 않고 지속적으로 일할 수 있는지 함께 고민해 보아야 할 때다.

그리하여 이 책이 앞으로 더 다양한 분야의 간호사들이 자신만의 성장스토리를 기록하고 공유하는 촉매제가 되길 바란다. 같은 고민을 가진 우리가 의견을 나눈다면 서로를 알아보고 한자리에 모이는 데에 많은 힘과 용기가 될 것이다. 수많은 동료 간호사와 학생들에게 답장을 바라지 않는 응원서를 보내는 마음이다.

늦었지만 끝까지 포기하지 않고 나의 생각을 책의 형태로 세상에 공유할 수 있도록 도와주신 데이원 출판사 차보현 대표님과 편집자님들께 감사의 뜻을 전하고 싶다.

Chapter 1

통　증 : 불현듯　찾아와서
은근슬쩍　만성으로　진행되는

FPS 0점

Wong-Baker의 얼굴 통증 등급(Faces Pain Scale, FPS)

3세 이상 소아 혹은 노인 환자에게 사용하는 통증 측정 도구로, 환자가 느끼는 통증과 맞는 표정을 선택하게 한다.

국가고시를 앞두고

대상과 결과를 막론하고 무언가를 진지하고 충실하게 준비하는 행위 자체에서는 아름다움이 생겨나기 마련이다.

그러니 나도 모의고사를 열심히 풀어 재껴야겠다. 오늘 치의 아름다움을 위해서.

국가고시 합격 통보를 받았을 때

오, 이런. 통영은 지금 축제 분위기!
국가고시 합격 통지를 받은
간호 학생 두 마리가
동피랑* 막춤을 선사하기 때문!

대학 친구 봉 간호사는 4년 차에, 저는 5년 차 간호사가 되었을 때 병원을 나왔습니다. 우리 한번 잘해 보자, 우리 이 기분 잊지 말고 사진 많이 찍어 두자! 힘들 때마다 보면서 우리 힘내자! 했었는데. 그러니까 말입니다. 그랬었다고요. 8년 전에요–.

동피랑 : 경상남도 통영에 위치. 벽화가 예쁜 마을.

합숙 입문 교육에 들어갈 때

누에고치는 사뿐히 일어나
고치를 차곡차곡 개어 놓음으로써
마지막 방학을 정리하고 병원으로 가고 있다

이다음 방학은 언제 오는 것인가
퇴사 전에 오기나 할 것인가
내 방학은 이제 누가 주는 것인가
학생 땐 오메 힘들어!
휴학 욕구 폭발할 때쯤 따악 방학이 찾아오던데
직장인은 무슨 낙으로 살 것인가

합숙 교육 7일 차 1

결과보다 과정이 중요해.
합숙 내내 결과보단 과정이 중요하다는 교훈만 무한 복습했다.

껄껄.

백여 명의 신규 간호사가 합숙하며 교육을 받았습니다. 주사는 어떻게 놓는지,
석션은 어떻게 하는지보다 리더십은 무엇인지 창의성은 어떻게 발휘하는지에
대해 더 많이 배웠습니다. 팀원을 위해 오랜만에 목청껏 노래도 불러 보고, 병
원 내 구석구석 부서들의 전화번호와 우리 병원의 비전 같은 걸 외우느라 늦
잠을 자기도 했습니다. 우리 팀은 어느 면에서도 우등함을 보이지 못했습니다.
1등을 차지하는 것은 애초에 어울리지도 않았고… 병원 생활 내내 함께 껄껄댈
동기를 얻은 것만으로 충분한 시간이었습니다.

합숙 교육 7일 차 2

"큰 그릇이 될 거야, 간장 종지 같은 삶은 살지 않을 거야."

항상 밝고 명랑하게 그간 있었던 에피소드들을 풀어놓던 내 동기가 이번엔 또 무슨 일이 있었는지 아냐며 호들갑이었다. 병동에서 소리를 고래고래 지르던 환자인지 보호자인지가 "너 이름이 뭐야? 이름이?" 하길래 동기는 묻는 질문에 자신의 이름을 밝혔다고 한다. 여기까지는 자주 있는 일이지만 이어지는 장면 묘사를 듣고는 나는 손으로 입을 막아야 했다. 사원증을 주욱 잡아당겨 이름 세 자를 읽은 진상은 그대로 손을 놓았고 사원증은 동기의 가슴팍으로 힘차게 돌아왔다.

몇 해 전 TV에서 방영한 '한국인의 화'를 주제로 한 다큐멘터리가 생각났다. "종로에서 뺨 맞고 한강에서 눈 흘긴다."라는 속담을 실생활 속의 다양한 사례들을 통해 볼 수 있었다. 실제로 대부분의 사람이 화나게 만든 대상에 대해 화내는 것이 아니라 다른 대상에게 화풀이하는 양상을 나타냈다. 화를 돋우는 대상이 자신보다 지위, 계급, 서열 등에서 위에 있어 화낼 수 없을 때는 화풀이 대상을 엉뚱한 곳에서 찾는 것이다. 병원은 정말 엉뚱한 곳이고, 간호사는 엉뚱한 대상인 걸까? 동기는 그 일을 계기로 사원증을 반납했다. 간장 종지 같은 삶을 살지 않겠다던 친구다웠다.

응급실 간호사가 되었을 때

응급실!

잘 선택한 걸까? 잘할 수 있을까?

'과연 잘 선택한 걸까?' 지겹게 따라다니던 질문. 잘 선택했다고 하기엔 내 삶이 너무 피곤했고, 잘못 선택했다고 하기엔 내 삶이 더욱 괴로워질 것만 같았습니다. 명쾌한 대답을 할 수가 없었습니다. 굳이 생각하지 않아도 됐을 법한 우매한 질문이라고 생각하는 편이, 마음은 가장 편했습니다.

응급실 가서 첫 인사를 드렸을 때

환자들은 아주 작은 것에도 감사하고 고마워한다.
수액팩을 한 번 돌려만 봐도 감사,
아이스팩을 갖다주기만 해도 감사.
마치 매사에 감사할 준비가 되어 있는 것처럼!

나는 내게 일어나는 작은 일에도 감사할 준비가 되어 있는가?

오랜만에 간 집에서

아빠아빠! 압박 스타킹*이 뭔지 알아?

아빠 : 뭐?? 아빠 스타킹?

그런 스타킹이 있다면 나도 꼭 신어 볼란다. 별 헤는 밤이 다시 온다. 가족들을 만나고 온 날은 항상 다시 집에 가고 싶어서 쉬이 잠이 오질 않는다. 별 하나에 추억과, 별 하나에 사랑과, 별 하나에 엄마엄마… 이번 오프엔 야광별을 사 와서 천장에 붙여야겠다. 좁은 기숙사도, 혼자 있기엔

너   무   넓   다   …   .

압박 스타킹 : 압박은 조직압을 증가시켜 세포외액을 모세 정맥계(capillary venous system)로 되돌려 부종과 울혈을 감소시킨다. 다리 정맥의 혈액 순환을 도와주어 장시간 서서 일하는 직업군의 사람들이 애용한다.

잘하고 싶은 것을 잘하지 못할 때

나도 잘하고 싶다.

요즘 내 맘대로 되는 게 없는 것 같아서 땅만 보며 걷고 있었는데, 오늘 아픈 친구에게 IV*도 성공하고 주사약도 놔 주고, 아팠던 친구가 웃으면서 집에 돌아가는 것을 보니, 그래, 나도 언젠간 도움이 되는 사람이 될 수 있겠지, 하는 생각이 든다. 손 안 닿는 나의 등을 혼자 열심히 토닥이고 나니, 한결 마음이 가벼워졌다.

무라카미 하루키가 〈직업으로서의 소설가〉를 조금만 더 일찍 썼더라면, 나는 신규 간호사인 나 자신을 조금 덜 다그쳤을지도 모르겠습니다. 그래서 조금 덜 속상했을지도요. 8시간만큼만 일하고 8시간만큼만 최선을 다하고 8시간만큼만 정성을 다하는 삶을 살아도 되는데 말입니다.

IV, IntraVenous : 정맥 주사

"신규가 지각했대."의 주인공이 되었을 때

일이 끝나면, 편의점에 가서 꽤나 뜸을 들이고 서 있는다. 그래 봤자 내가 집는 건 비요뜨뿐이겠지만, 날마다 새로운 양상으로 쭈그러드는 나 자신을 도대체 어떤 음료수가 위로할 수 있을지 망설이는 시간이 필요하니까.

그러다 보면, 지나가던 선생님의 등 두들김을 당할 수도 있으니까. 선생님은 내 비요뜨를 가로채시며 소시지와 뚱땡이 바나나우유까지 던져 주고 가시니까.

하, 나는 기본이 없는 앤데.

기본도 없으면서.

기본도, 없으면서.

살고 싶지 않은 사람을 만났을 때 1

왜 비가 오는 날엔
그만 살고 싶은 사람이 많이 생기는 걸까
그만두고 싶었을까
힘들어서 포기해 버리고 싶었을까?
상처가 남잖아요…

그냥 우리 열심히 삽시다.
포기라는 단어는 배추 셀 때나 씁시다.
아니 이제 배추도 한 희망 두 희망이라고 셉시다.
내일은 오늘보다 낫겠지… 오늘 배추 열 희망만 뿌리고 잡시다 우리!

누가 압니까?

자고 인났더니
배추가 새파랗게 다 움터 있을지?

오프는 사랑이라는 것을 온몸으로 느낄 때

처음 받은 쓰리 오프의 마지막 날이자 독립 전날인 오늘, 오금이 저려 올 정도로 소중한 날! 친구인 노다지를 보러 교회에 간다. 새 신발을 신어서인지 노다지를 보기 때문인지, 버스에서 나는 매우 설레하고 있다.

친구 만나면 찐하게 안아 줘야지.

0.5cc 때문에 내가 한심해질 때

슬픈 만큼 퍼 담았다…

위로받고 싶은 마음으로 퍼 담았더니… 만 원! 요거트 따위가 만 원! 기차에 올라타서 일단 놓고 정리 좀 하고 먹어 볼까 하는 순간, 나의 이 예쁜 요거트가 계산할 땐 분명히 탱글탱글했는데, 순식간에 힘없이 녹아내리는 것이, 안쓰러운 것이… 마치 내 모습 같은 것이, 오늘, 0.5cc도 지문 찍고 사용하는 고위험 약물 1cc를 쭉 밀어 넣다가 ahhhhh 0.5cc mix… 했어야 하…는…건데 하며 찰나에 주저앉던 나 같아서… 나 같아서… 다 먹지도 못했네. 요거트가 이제 싫어지려고 해서…. 내게 요거트가 싫어지는 날도 오는구나.

직원 채혈 검사 기간이라 수선생님을 찔렀을 때

찔러 보라고 하셨다.
멘탈이 무너져 내리는 표정을 지어 봤지만 돌아오는 눈빛은
'찌르라면 찔러.'

20G*, 통통한 혈관에 카테터가 들어가는 것을 보고 기뻐하다가 주르륵 그리고 쿨럭쿨럭 흐르는 피를 주체를 못 하고 수선생님을 욕보였다.

발전하고 있다! 아직, 아무도 눈치채지 못했지만. 나의 발전을, 아무도 눈치채지 못했다는 사실이 은근한 즐거움이다. 슬금슬금 기어가는 척하다가 내 조용히… 진정한 독립의 날을 맞이해야지!

그날이 오면,

그날이 오면은!

내, 이 두 손 들고 탈의실에서 막춤 추며 독립 만세 삼창을 외치리라.

G(gauge, 게이지) : 바늘과 튜브 같은 제품의 두께 또는 직경 사이즈를 표기할 때 사용하는 단위. 의료계에선 needle, catheter, cannula의 외직경(outside diameter)을 말하며, 숫자가 클수록 작고 얇은 바늘을 일컫는다.

이 길이 맞는 걸까 싶을 때

9명의 담당 환자 중 4명의 의식 상태가 불분명했다. 의식이 명료해지던 환자가 다시 헛소리하는가 하면, 멀쩡한 사람의 혈압이 떨어지고, 수혈을 받은 사람은 오들오들 떨기 시작했고, 뇌경색이 온 환자는 혈전을 녹이는 분초를 다투는 응급 약물 주입을 시작했고, 잘 자던 사람이 잠에서 깨어나 아프다고 진통제를 달라고 닦달했다.

동기의 말을 인용하자면 환자의 멘탈을 챙기느라 내 멘탈을 챙기지 못한 꼴이었다. 바빠서 그랬다. 바빠서 못 챙겼다. 뛰어다니고 채혈하고 환자의 상태 변화를 닥터한테 계속 전화로 알리면서, 통화 연결음 가는 내내 머릿속으로 '이거 해야 해, 저거 해야 해.' 멘붕 상태가 되어서는.

지난번 칼퇴 이후로 내가 좋아하는 나이트 근무에도 '디지게' 바쁠 수 있다는, 인정하고 싶지 않은 사실을 받아들였다. 새벽 3시쯤 눈에서 닭똥 같은 무언가가 눈에서 툭 떨어졌다. 퇴근 후 안쓰럽게 보는 엄마 선생님의 토닥임이 아니었으면, 내 마음 아실 이, 아름이와의 요거트가 아니었으면 기숙사에서 수도꼭지 틀어 놓은 듯 펑펑 울었을 날.

긴 하루였다···

로또 당첨이 이런 기분일까 싶을 때

경 *^^* 온콜오프* *^^* 축

마지막 나이트를 위해 자다가 허겁지겁 먹은 엄마 국수가 너무 싫다.
"선생님 오늘 오프하세요."라는 전화를 받고 집으로 돌아오며 산
맥주를 배불러서 먹을 수가 없으니까.

온콜오프*를 받고 허겁지겁 쓰리 오프를 시작한다.
불규칙한 스케줄의 불규칙한 행복이라고 생각해야지.
아, 나도 개콘 보며 일요일 오후를 보내지!

내일은 월요일이지만 내겐 월요일도 아니지!

온콜오프(On-call Off) : 간호사 수에 비해 환자 수가 적어, 인력이 여유로울 때 받는 응급
오프. 대개 출근 몇 시간 전에 받는 오프이기 때문에, 계획적으로 오프를 보낼 수 없다는
단점이 있지만 간호사들에겐 '언제 들어도 좋은 말'.

씩씩하지 않은 내 모습에 익숙해질 때

어제, 내 환자가 숨넘어가는 것을 보았다.
D zone intubation*이요!라고 외치며,
침착한 척을 해 보려다가,
보호자가 울음을 터뜨리며 실신하는 순간,

아… 과연 나는 이 긴장감에 익숙해질 수 있을까?

아… 과연… 내가 할 수 있을까?

할 수 있다…

할 수 없다…

할 수 있다…
할 수…
잘할 수…

Intubation, 기관 내 삽관 : 호흡 부전 상태에 처한 환자의 기관 속에 튜브를 삽입하여 호흡
을 보조하는 시술.

위로 1

-엄마 나 오늘 혼났어.

-실수를 했으면 혼나야지.

-엄마 나 우울해.

-왜 우울해?? 잘못을 해서 혼난 건데 왜 우울해.

언니도 신입 때 혼났어. 대통령도 잘못하면 국민한테 혼나.

혼나면서 배우는 거야 다음부터 잘하면 돼.

-응…

그래, 슬프지가 않다. 다음부터 잘하면 되겠다 싶다.

위로 2

–몸도 힘들고 맘도 힘들어!

–그래… 그렇겠지 폐부종이 오면 심부전도 오는 거니까…

폐부종이 오면 전신 부종 다 오잖아 그래… 원래 그런 거야…

–뭐야 너… 폐암 병동에서는 위로하는 법도 알려 주니.

같은 학교 – 같은 병원 – 같은 기숙사

우리는 이렇게 같이 살며, 우리끼리 토닥토닥하는 법을 가장 먼저 습득하고 있
었습니다.

실수투성이지만 하루하루 나아지고 있을 때

완벽할 순 없지만

완벽하고 싶은

ER* 2012

우리는 정말로 완벽해.

ER, Emergency Room : 응급실

"공부해 와."의 의미

"공부해 와."라는 네 글자에
어떤 선생님은 애정을 담고 어떤 선생님은 센 척이 듬뿍이다.

애정엔 공부로,
센 척엔 약한 척으로 보답하며,

오늘도 무사히 퇴근.

CPR(심폐 소생) 환자를 처음 담당했을 때

심장이 멈춰서 다시 뛰게 해 보려고 몇 사람이 방방 뛰었는지 모르겠다. 신규가 기록을 잡는다더니… 그래, 오늘은 나구나. 침착침착… 속으로 외치고는, 기록하면서 3분마다 Epi*를 깠다. 나는 언제부터 환자들의 불평불만과 통증 호소에 익숙해진 걸까. 한 마디도 없이 조용한 환자 앞 부산스러운 선생님들의 광경이 나를 당혹스럽게 만들었다.

으레 CPR환자 뒤엔 하늘이 무너진 보호자들이 있기에 내 첫 CPR도 그럴 거라 상상해 왔는데, 혼자 오셔서 조용히 가셨다. 맘 안 좋게…

Epinephrine, 에피네프린 : 교감 신경을 활성화시키는 카테콜아민으로 CPR 상황에서 승압제로 널리 사용되는 약물. 심장이 자발 순환을 회복할 때까지 3분마다 반복적으로 투약한다.

칭찬 카드를 받았을 때

칭찬 카드를 받았다.
뿌듯한 건 잠시,
또 일하러 가야 하나 또 친절하러 가야 하나…

새해 소원이 '오프'라는 걸 알았을 때

딱 녁 달만 코피 나게 달리면 두 달의 여유가 찾아오곤 했었는데, 올해는 아무리 열심히 일해도 방학이 오질 않는다. 짧은 오프 동안 누에고치처럼 이불 속에서 쉬고 나면, 다음 날 아침 또 새벽같이 출근하면서 아까운 오프를 왜 누에고치처럼 보냈을까 후회하기를 반복했다. 그런데 명청하게 오프 날이 되면 다시 "I love 누에고치!"를 외치는 나. 엉엉 눈물이 난다.

새해에는 일과 휴식과 사랑과 우정의 균형을 잘 찾는 지혜로운 이가 되게 해 주세요.
제발… 좀…

Cocoon mode off in 2013

43

친구의 서러움이 내 기분까지 적실 때

엄마의 생신과 친구 매미의 생일.
마산 집에 갈 거라던 설렘도 펑. 기쁨도 펑.

투 오프 잘리던 날,
기숙사 방의 째끄마한 침대 위에서 또르르 울던 친구를 보니 내 마
음까지 울적-하다.

행복한 응급실을 만들기 위해 닭발이 필요할 때

어제는 처음으로 자살 시도가 아닌 자살 완료를 한 환자를 만났다. Multiple trauma로 인해서인지 Subcutaneous emphysema*가 심해 공기가 어찌 폐에, 혈관에 다 쑤시고 들어갔는지 꼬득꼬득 피부가 일어나 종잇장처럼 되는 광경은 흔치 않은 케이스였다. 그 뒤로 주저 앉은 보호자를 의자에 앉히며, 나는 또 말을 잃고.

오늘은 일하다가 누리가 아팠다. 다섯 시부터 아팠다는 기록과 담당 간호사 나의 NRS* 질문에 10점이라는 대답을 듣고는 나도 아파졌다. 에이씨…

자꾸 이래서야 쓰나? Happy ER?

---

1. Subcutaneous emphysema, 피하기종 : 폐나 소화기 내에 있는 공기가 터져 나와 피하로 번지는 것. 공기가 피부 밑에 고이면 목 주위부터, 심하면 양팔, 양다리까지 부은 듯이 올라오고 손으로 만지면 바스락바스락하는 소리가 난다.

Emergency가 Happy해지려면 환자가 Emergency가 아니거나 내가 Happy할 수밖에. 응급 환자는 계속 올 거고, 일하다 보면 누리도 갑자기 아플 수 있는 거지. 그럼 내가 행복해져야겠다 싶다. 한신포차 닭발 오백 족 정도 먹으면 행복할 것 같다. 행복해지면 다시 또 열심히 일할 수 있을지도 모르지. 오백 족이어야만 한다. 혈중 알코올 농도가 치료적 농도에 도달해야 한다는 건 말할 것도 없고.

2. NRS, Numeric pain Rating Scale : 환자의 통증 정도를 0에서 10점 사이 숫자로 평가하는 것.

아무한테나 화풀이하고 싶을 때

나이트 출근을 위해 잠깐 깼던 잠을 다시 자고, 저녁 느지막이 일어나 아침밥을 먹었다. "선생님, 오프하세요."라는 전화를 받고 나는 오늘 오프. 클릭 한 번에 출근, 클릭 한 번에 퇴근… 하아. 오늘 기숙사 당직 서게 생겼네…

작은 기적을 목격했을 때

말도 못 하고 눈도 못 뜨던 할아버지를, 이제 DNR* status로 밤새 혈압이 떨어지나… 박동 수가 떨어지나… 지켜보고만 있었는데 점점 혈압이 늘어져 갔다. 이제 가족분들 다 오셔야겠다고 말하자 우르르 몰려온 아들딸들이 돌아가며 사랑한다 속삭였다. 아버지는 제게 훌륭한 아버지이셨어요. 아빠, 제 이름 한 번만 불러 주세요…에 이어 차례차례 작은 소리가 들렸고 둘러싼 가족은 연신 감탄사를 내뱉었다. 할아버지는 눈을 떠 달라는 말에 눈을 뜨고, 손을 잡아 달라는 말에 손을 쥐었다. 떨어지던 혈압이 점점 오르는 건 어떻게 설명을 해야 할까.

DNR, Do Not Resuscitate : 심폐 소생술 거부

48

그래도, 다시 잘해 보고 싶을 때

일탈은 일상이 되고,
일상은 일탈이 된다.

한 선생님이 무심코 던진 짧은 말이 종일 내 귓가에 맴도는 요즘.
나에겐 이미 일상이 되어 버린 이곳이 누군가에겐 일생의 위기 같은
곳이고, 나에게는 하나의 일탈인 여행지가 누군가에겐 또 일상의 지
루한 장소일 뿐이라고 하셨다. 한창 졸리던 나의 일상에! 일탈에서나
받던 신선한 충격이었다. 세상에나… 다시 잘해 봐야겠다!

사람 살리려다 내가 죽겠다 싶을 때 1

짧게 오늘,

아름이가 인계해 줄 때 "오늘 저 사람 잘 봐야 해." 하고 짚은 환자

가 동기 퇴근하자마자 산소마스크를 벗어 던지기 시작… 으엉…

어찌어찌 CPR*이 시작됐고

1st ROSC* 어휴… 하는데

2nd CPR 응?

3rd ROSC 하휴…!

3rd CPR 하나, 둘, 셋!

3rd ROSC를 찍는 순간, 내가 arrest(심정지)날 것만 같았다.

선생님들 말을 이제 이해할 것 같다.

예전엔 CPR이, 요즘엔 ROSC가 두렵다.

1. CPR : CardioPulmonary Resuscitation, 심폐 소생술(심장이 멎은 상태)
2. ROSC : Return Of Spontaneous Circulation, 자발 순환 회복(심장이 뛰는 상태)

돈 없어도 좋으니 대학생이고 싶을 때

스승의 날, 학교엘 간다.

학식 앞 벤치에서 광합성도 하고, 교수님 걸어가실 때 벌떡 일어나서 인사도 하고, 캠퍼스 좁다고 투덜대다가, 남학생 지나가면 이상형 월드컵도 하고, 멍때리다가 아…! 수업 늦었다 총총총… 걸어가는 척하다가, 매점 가서 군것질 쇼핑하는 대학생 놀이 좀 즐기다 와야지.

본격적으로 투덜대기 시작했을 때

맛집 이야기, 남자 이야기, 재테크 이야기, 강아지 이야기, 일 이야기 등등을 하다가 문득 며칠 전 삿대질 당한 이야기를 하며 투덜거리기 시작했다.

생뚱맞은 징징거림에 당황한 엄마는 생뚱맞게 10여 년 전 돌아가신 할아버지 이야기로 맞수. 무슨 소린고 했더니 억제대에 두 달 동안 묶여 손발이 성하지 않은 할아버지를 처음 보고 이게 말이 되느냐며 중환자실에서 소리쳤던 보호자가 당신이었다고 고백했다. 삿대질도, 소리침도, 간호사나 의사한테 향한 게 아니었다며. 이제 와 보니 격앙된 상태에서 그런 할아버지 모습을 받아들이기 어려웠고, 억제대 사용에 대한 의료적 지식이 없어서였다고, 나한테 대신 사과했다. 사과는 일단 받고 밥풀 튀기며 계속 투덜대다가, 울 엄마도 그랬다니 나한테 삿대질한 보호자도 그럴 수도 있었겠다라는 황당한 공감이 몰려왔다.

젠장. 그 이후, 격앙된 보호자와 삿대질 당한 간호사의 맛집 탐방은 더욱 잦은 주기로 이어졌다.

채 간호사의 모순

1. 편하게 일해 보겠다고 1년 동안 안 신던 압박스타킹을 꺼내 신었는데 인계받고 30분 만에 "CPR이요, 중앙 CPR이요." 호출 방송 작렬 채 간호사.

2. 동기 채○○를 비웃는데 소생실에 갑자기 2명의 환자가 들이닥쳤다. 인퓨전 펌프 2개를 깽깽 들고 뛰다가 언제까지 이렇게 일할 수 있을까를 생각하고 속으로 눈물을 흘리다가, 퇴근할 때쯤 울음을 멈춘 보호자를 보며 값진 일을 했다는 보람을 느꼈다.

3. 매달 꾸준히 상승하는 엥겔 지수를 잡아 보고자, 매일 아침 배달되는 도시락을 결제. 아, 먹는 걸 아끼려고 먹는 걸 주문하고. 뭐 하는 짓인지.

이 무슨 슬프지만 행복한 순간들인지.
망한 날을 흥한 날로 변하게 하는 '모순'.

주치의한테 "주제를 알라."라는 말을 듣고도
아무 말 못 했을 때

새카맣게 잊고 있었는데 그 말이 또 오늘 이렇게 날 시커멓게 만든
다. 부들부들 떨리던 노여움에서 맥없는 궁금증으로 바뀔 때까지
는 한 달여라는 시간이 소요됐고, 그런 나한테 돌아온 답변이라고는
참… 나보다 옳으실 테니까, 나보다 잘 아시니까… 나보다 높으시
니까…

군말 없이 듣고 씩씩하게 일어났다. 졸린 눈으로 터덜터덜 걸어 나오
는데 자꾸 눈물이 난다… 자꾸…

아, 괜찮습니다. 그 주치의는 여전히 ○○ 같기 때문입니다. 다만, 왜 저 사람의
피로를 내가 폭격 맞아야 했을까에 대한 궁금증으로 며칠을 낭비했던 게 아까
울 따름이었습니다. 어쩌면 남에게 쉽게 화를 내는 사람 대부분이 어딘가 감춰
진 본인의 결핍을 화로 드러내는 것은 아닐까 하는 생각이 들었습니다.

살고 싶지 않은 사람을 만났을 때 2

알코올 과다 복용+수면제+연탄가스 흡입
일산화탄소 중독? 치료법은 산소 제공. Full O₂ 준 지 4시간 만에 인사불성 억제대 적용했던 환자가 젠틀해졌다. 동시에 뻘쭘해진 그 순간, 어울릴 만한 치료적 멘트를 궁리하다가, 적절하지 않은 것 같아 입 밖으로 내진 못했다.

죽는 것도 힘들고, 살리는 것도 힘들다.
이왕 사는 거 씩씩하게 살자고요 아저씨!라고,
퇴근하며 복화술을 한다. 아저씨는 못 들었겠지?

여기다 한 번 더 외쳐 줘야지.

아저씨, 힘내세요!

보호자분의 다음 이야기가 궁금해졌을 때

암환자의 보호자인 어무니께서 "저기 샘, 우리 큰아들이, 좋은 대학 법학과 나와서, 좋은 회사 다녀, 키도 크고…" 하는데 띠링띠링 옆 환자 알람이 신경질적으로 울려서 "잠시만요!!" 하고 나왔다. 그 이후로 식당 문 닫기 전에 뛰어가서 밥을 겨우 먹고, 수혈 부작용 환자 처치를 하고, 열나는 환자 수액 치료를 하고, I/O*를 끊고 끊고 또 끊고 또 끊다가 듀티가 끝났다.

어머니의 뒷이야기가 너무 궁금하다…

I/O, Input / Output : 섭취량과 배설량을 측정하여 수분 밸런스를 측정 및 기록하는 것

사람 살리려다 내가 죽겠다 싶을 때 2

Stroke[*]이요! AMI[*]요! Melena[*] Hb5점대요! 이미 내 영혼은 울기 시작하려는데, 채혈만 하면 끝!이라고 생각하면 응급실답지 않잖아. 그럼 그렇지, pain shock 시작이잖아.

하아⋯ 오늘 응급실에서 외칠 수 있는 STAT[*]이란 STAT은 다 외치고 42.195km를 달린 기분으로 터덜터덜 나오는데,

내 환자의 24hrs urine collection이 생각났다. 나의 urine collection은 5am에 시작해서 5pm쯤 끝났다는 건, 내 일기장에만 기록하는 걸로⋯

---

1. Stroke : 뇌경색, 증상 발현 6시간을 골든 타임으로 하는 응급 질환
2. AMI, Acute Myocardial Infarction : 급성 심근 경색, 병원 도착 90분 이내에 혈관 조영실로 이동해야 함
3. Melena : 흑색변, 위장관 출혈 시 나타나는 증상. Hb(hemoglobin, 헤모글로빈)수치와 증상에 따라 응급/초응급 수혈이 필요함.
4. STAT, statim, at once : 즉시

새해 다짐

Reset to 2014.1.1.

2014년을 다 보내고 다시 2014.1.1.로 돌아간다면,
조금 더 잘하고,
조금 더 많이 배우고,
즐기고 감사하며 살 수 있을까?

다시 잘해 봐야겠다고 마음먹을 때

연아의 쇼트 프로그램을 보다가, '아름답다'를 넘어서는 수식어를 찾지 못해 결국 "미쳤어, 미쳤어."라고 내뱉었다.

고통스러운 훈련으로 얻은 '기술'이라 불리는 것들을 통해 어찌 저런 '아름다움'을 전할 수 있는 건지 잘 모르겠지만 그냥, 대단하다는 말밖에 할 수 없다.

인과관계를 설명하기 어렵지만, 김연아 선수를 보자 다시 잘해 봐야겠다는 마음이 생긴다. 이유는 몰라도 뭔가 힘을 내야 할 것 같다. 이 삿짐을 싸고. 독립을 준비하며, 다시 결심한다. 오늘은 정말 중요한 날이다. 갑자기 오른발로 땅바닥을 구르게 된다. 나도 모르게 외치게 된다. 쿵,

Here I stand!

온콜오프

한숨도 못 잤다. 어제 낮 3pm에 생각 없이 마신 커피 때문에 3am까지 벌떡대는 내 심장을 부여잡고 좌측위 우측위 새우 자세 고래 자세 다 해 봐도, 두근두근 두근두근…대는 멍청한 심장 땜시 밤새 스트레스를 받았다. 겨우 2시간 눈 붙이고 아침에 씻으려다가 물이 너무 차가워서 엉엉 내 삶아…. 하다가 전화 한 통을 받았는데!

경 ＼ 온콜오프 ／ 축

먼저, 이 모든 일이 가능하게 하신 하나님 감사합니다. 일 끝나고 고기 먹자고 위로해 주셨던 부모님 감사드립니다, 무엇보다도 오늘도 수고하는 응동이들*과 힘든 밤샘 근무 중에도 이렇게 배려하여 찬물에 머리를 담기 직전! 일찍 전화를 주신 차지쌤! 이 모든 마음을 담아 동쪽을 향해 사랑과 감사의 큰절을 올립니다!
감사합니다! 이 마음 잊지 않고 오늘 행복하겠습니다!

응동이들 : '응급실 동기들'을 (우리끼리) 일컫는 말

열심히 하고는 있지만, 힘이 드는 건 어쩔 수가 없을 때

얼마 전 쓰리 오프를 보낼 때만 해도 며칠만 쉬면 병원 생각 안 나고 참으로 행복했는데 미어터지는 응급실에서 3일째 이브닝 근무를 하고 있노라니, 내가 이걸 언제까지… 욕을 외치게 된다. 병원 앞 동네부터 제주도까지 전국에서 몰려오는 환자들, 보호자들을 헤집고 다니다 보니 에너지가 쭉쭉 빨리는 느낌이다.

더욱 확, 와닿는 느낌으로 표현하자면, 한 살짜리 아이 손등에 주사를 놓으려는데 아이는 자지러지고 엄마는 병원 직원이고, 아빠는 빨리 못 하냐고 성을 내는데, 주치의가 뒤에서 지켜보는 느낌이랄까?

장마철이 지나가고 다시 찾아온 환자 폭발의 계절 1

뇌경색으로 반신마비가 되어 누워 계신 분께
"000님, 00년생이시고 0월 0일이 생일 맞으세요?"라는 말을 던지기
가 무섭게

무엇이 생각나셨던 건지, 환자분 눈에서 눈물이 왈칵 쏟아졌다.
그리고 눈물은 멈추지 않았다.

아휴, 참 속상하다.

장마철이 지나가고 또다시 찾아온 환자 폭발의 계절 2

쓸데없이 내가 센티해졌는지, 숨이 찬 할아버지를 보면 안쓰럽고, 복수 찬 할머니도 안타깝고, DNR* 동의서 작성할 법적 보호자가 없던 아저씨도 안됐다는 생각부터 든다.

백혈병으로 빡빡머리인데도 연예인보다 훨씬 예쁜 우리 ○○이랑 지친 어머니를 자주 뵙는 것도 속상하고, 인튜베이션도 속상해서 하기 싫고, CPR*도 속상해서 하기 싫다.

그래서 오늘 밤엔 병원에 가기 싫다.

1. DNR, Do Not Resuscitate : 심폐 소생술 거부
2. CPR, CardioPulmonary Resuscitation : 심폐 소생술

음악 한 곡이 간절할 때

어제 새벽 내내 소아 응급실에서 힘들게 채혈했는데 검체 바코드까지 이리저리 꼬여서 검사실에 전화를 했다.

그래서 이 피 검사가 지금 되나요, 안 되나요? 뇌척수액으로 검사하는 건 이 바코드가 맞나요, 안 맞나요? 검사실 직원이랑 통화하다 "잠시만요?" 하고 직원이 확인하러 간 사이. 나지막이 들려오던 진단검사실의 5am BGM. John Mayer의 'The Heart of Life'.

 3% 부럽고

　　　　7% 얄미우면서도

　　　　　　　90% 정도 힐링됐다.

빨리빨리의 'ㅂ'만 들어도 부글부글 끓을 때

"환자분, 응급실은 빨리빨리 되는 곳이 아니고요. 응급인지 비응급인지 구분하는 곳이에요."

라는 말을 수십 번 반복하고 나면 한 듀티가 끝이 난다.

의료 기관 인증 평가

Q. 소아 응급실에 불이 났습니다. 어떻게 하실 거죠?

Q. 인공호흡기 관리는 어떻게 하시죠?

Q. 심정지 상황입니다. 어떻게 행동하시나요?

(A. 저한테 왜 그러시는 거죠?)

청심환을 먹었습니다. 인생을 걸고 봤던 수능 이후 두 번째로 먹어 본 청심환이었습니다. 병원 관계자들과 그 외 날카로운 눈빛의 관료들이 와서 내게 심각한 질문을 할 수도 있다는 사실 자체가 심박수를 빠르게 만들었습니다. 차라리 소생실에서 개고생하는 편이 맘 편하겠다는 생각을 했습니다.

망각의 동물로 태어난 것에 감사할 때

문제는 이것이다.

아무리 사람을 살리네 마네 아등바등 힘든 날이었을지언정 내일 오프라는 사실에 또 금세 행복해지고 만다.

하, 멍청한 동물. 하, 인간이란.

빨간 날도 까만 날도 나랑 상관없을 때

새 신을 신고
화장을 곱게 하고,
설레는 마음으로 새해를 맞이하러 간다.
#응급실로 #해피뉴이어!

그리고 얼마 전 퇴사를 하고 첫 추석 연휴를 보냈습니다. 온 동네 밥집 문이 다
닫혀 있는 와중에 고깃집 한 곳이 문을 열어 다행히 후배와 밥을 먹을 수 있었
습니다. 그날도 여전히 출근을 앞두고 있던 후배는 침울했지만, 고깃집에서의
유쾌했던 시간 덕분에 나는 이 사람들에 대한 감사함을 어렴풋이 느꼈습니다.
이게 다, 연중무휴의 값진 일상을 살아가는 사람들 덕분이구나! 생각하며 후배
를 토닥일 수 있었습니다.

삼교대 근무 만든 사람 정강이를 차고 싶을 때

4월 스케줄을 받고 눈물이 날 뻔했다.
#부들부들 #사느냐죽느냐그것이문제로다

엄마는 왜 항상 맞는 말만 하는 걸까

그러니까,

대단한 말도 3일이고, 나쁜 말도 3일이야.

엄마도 실수하고 대통령도 실수해.

그 사람도 실수했다고 생각하자, 우리.

하루는 어떤 아저씨한테 "너 같은 간호사는(사람 살리는 곳에서는 도움이 안 될 테니까) 장례식장에서나 일하라."라는 소리를 듣기도 하고, 하루는 "18, 대한민국 병원은 이래서 문제"라며 우리나라 의료 시스템 문제를 핑계로 내가 욕을 먹기도 하고. 생각해 보면 같이 일하던 주치의 놈한테도 "주제를 알아야지."라는 철학적 훈계도 들어 본 나였다.

나쁜 말도 3일밖에 안 간다는 엄마 말만 믿고 싶었다. 그러나, 어떤 말은 3개월을, 어떤 말은 3년을 갔다. 그렇게 남는 말은 실수가 아니었다. 무형의 폭력, 언어 폭력이었다.

모든 게 치료적 농도에 도달하지 못할 때

음악, 자전거, 심지어 쓰리 오프.
이 모든 게 치료적 농도에 도달하지 못하나니…
나는 시방 위험한 짐승이다.

칼바람은 왜 내 뺨을 때리는 걸까. 왜일까.

자택 격리 4일 차

메르스(MERS, Middle East Respiratory Syndrome)라는 핫이슈 하나에 하이에나같이 달려드는 기자들⋯ 일할 때는 응급실 앞에서, 격리중엔 포털 사이트에서 매일 마주치다 보니 온몸이 너덜너덜해진 느낌이다. 자극적인 헤드라인을 뽑아 대는 언론과 루머를 조성하는 댓글러들에게 휘둘리는 여론을 지켜보며, 의료진들은 할 말을 잃었다.

당신들은 말 그대로 구경꾼이지 않은가. 말하는 건 쉽고, 퍼다 나르는 건 한순간이면 되지 않는가.

현장에 있다 보면 내가 온종일 마스크와 방호복을 입은 채 싸우고 있는 상대가 과연 바이러스일 뿐인지, 아니면 여차하면 공격하려 드는 언론인지, 그것도 아니라면 매일같이 뒷북을 치는 보건소와 질병관리본부인지 참으로 헷갈린다. 그것이 참 서글프다⋯

살고 싶지 않은 사람을 만났을 때 3

우리 곁엔 왜 이렇게
우울하고 포기하고 싶은 사람들이 많은지

나라도
포기하지 말아야겠다는 생각.
나 하나쯤은,
좀 따뜻해도 되겠다는 생각-

한두 번이 두세 번이 되고
두세 번이 서너 번이 되니
내가 생각한 따뜻함이란 게
그다지 치료적이진 않다는 생각도 들고,

살고 싶어서 뛰어내렸다는 동갑내기 환자는,
살고 싶다고 살려 달라고
그 한마디를 외치려고
뛰어내릴 용기를 낸 걸까.

그런 용기를 낸 사람에겐
손을 잡아 주는 것이 맞는지
단호한 친구처럼 등짝을 때리는 것이 맞는지

안녕하세요, 제가 담당 간호사예요.
조금만 기다려 주세요.

그 한마디가 뭐가 그리 서글프게 들렸는지
하염없이 울던 그 언니에게도,

오늘 같은 날은
같이 앉아 있었어야 할까
그렇게 혼자 두었어야 할까

다른 약은 줄 게 없는데
처방 난 게 없는데

어떻게 해야,
1mg의 용기라도 줄 수 있는지

혹시 아시는 분?

세상에서 가장 중요한 게 균형 잡기 아닐까 싶을 때

밥을 먹는다고 열심히 먹는데, 와중에 늘 구중을 듣는 이유는 단백질이 없기 때문이다. 아니, 세상에. 단백질이 부족하다고 잔소리 듣는 날이 올 줄이야 싶다가도, 어쩌면 다 균형 잡기의 문제 아니겠는가 싶다. 탄수화물과 단백질 사이. 좋아하는 일과 해야 하는 일 사이. 그게 무어든 적당히를 유지하는 일, 로또스러운 행운에도 적당히 기뻐하고 뚱 밟았다 싶은 날도 적당히 분노하는 일. 그 균형을 잘 찾는 것이 일에도 잘 적응하는 비법이지 않을까. 웬만한 일에는 '그러려니' 할 수 있도록 마음 근육을 단련해야 한다.

자라섬에서 병원 전화를 받았을 때

가혹한 일상이 이번 오프에도 나를 가만히 두지 않아서 눈물이 났다. 아, 조금만 구부러지면 되는 것을 왜 못 해서 또 부러졌을까.

내일은 더 잘… 해야지. 잘, 해야겠지.

병원 선배는 나에게 "그냥 너가 죄송하다고 하면 안 되냐?"라고 했습니다. 나는 왜 '그냥' 죄송해야 하는 자리에 있는 건지 묻고 싶었지만 묻지 않았습니다. 어느 정도 연차가 찬 나는, 이제 겨우 속을 끓이지 않고 환자들에게는 죄송하다 말할 수 있는 사람이 되었는데, 도대체 간호사는 왜 쉬는 날에도 그래야 하는 건지, "누가 이렇게 나를 자꾸 잘못한 사람으로 만드는 걸까?" 묻지 않았습니다.

분노 조절 장치가 고장 나기 시작했을 때

상처 줄 의도가 있는 말에도 상처 받을 필요가 없는데, 상처 줄 의도
도 없는 말에 상처 받을 필요가 있나.

순간, 누군가의 명치를 있는 힘껏 가격하는 나의 모습이 움짤처럼 반복 재생되
었습니다. 이를 어째야 하나. 이를… 어째야… 난 온순한 사람인 줄로만 알았는
데, 이제 어쩌면 좋나… 이제 욕도 할 줄 알고 명치를 치고 싶은 충동도 있는,
변해 버린 나 자신에 놀라 한참 동안 멍했던 하루였습니다.

간호사라서 다행이다 싶을 때 1

간호사로 살면서 좋은 점 한 가지는, 좋은 간호사들을 만날 수 있다는 것이다. 너덜너덜한 멘탈을 붙잡으려고 찾아간 친구도, 울먹이는 나를 위로한 동기도, 밤샘 근무 동안 나를 토닥여 준 응급실 후배도. 좋은 간호사들이 곁에 많아 나는 아직 씩씩하다. 그래 맞다, 나는 소중한 사람이다. 그래, 밥 잘 챙겨 먹고 몸 생각을 해야 한다. 오늘은 운동을 할게. 꼭할게. 이렇게 아플 때, 아픈 사람 잘 돌보는 간호사들이 곁에 많아 참 다행이다. 내게 꼭 필요한, 행운이다.

힘들 때마다 만만한 게 엄마였던 내가 싫어질 때

엄마는 내게 고민이 있어 좋다고 했다. 요즘 고민이 있으니 이렇게 통화도 자주 하고, 얼마나 좋은지 모른다고. 고맙다고 하니, 네 일이 아니라 우리 일인데 뭐가 고맙냐는 대답까지. 왜 엄마에게 진 빚은 청산하려 할수록 불어만 나는 건지, 누구, 아시는 분?

간호사라서 다행이다 싶을 때 2

우울해하지 말라고 내가 커피 사는 거야~라는 말을 듣고 바리스타 분이 "어휴, 좋은 친구를 두셨네요!"라고 했다. 그 한마디가 참 뭐라고, 내겐 좋은 친구가 있다는 생각에 온종일 웃음이 난다.

싫어하는 사람 앞에선 별것도 아닌 게 별게 되고 좋아하는 사람 앞에 선 별게 별것도 아니게 된다. 그러니까 내 곁엔 내가 좋아하는 사람들 만 많이, 더 많이 두고 싶어지는 마음이 생기는 건 욕심인 걸까, 본능 인 걸까.

되는 일이 하나도 없었습니다. 병원만 생각하면 고개가 좌우로 저어질 때쯤, 짧 은 연애도 끝이 나고 말았습니다. 걔랑 헤어진 거 잘됐다고 나도 안다고, 아무 렇지 않은 척하다가, 간호사 친구들한테 토닥임을 받다 보니, 내가 얼마나 '안' 괜찮은지를 알게 되었습니다. 고맙고, 고마웠습니다. 이들이 없었다면 그 가을, 그 겨울이 어땠을지 상상이 가질 않습니다.

24시간 맥도날드의 존재가 고마울 때

수면과 식욕의 반비례적 관계를 누가 증명하라고 한 적이 없을 텐데 나는 이게 뭐라고 계속 증명하고 앉아 있지?

수면이 부족한 사람은 비만이 될 확률이 높다던데, 잠도 못/안 자고 햄버거를 들고 있는 내 모습에 소스라치게 놀랐습니다… 잠을 제대로 못 잔 상태로 일상 생활을 하면 에너지가 두 배로 드는 느낌이었으니 퉁쳐도 된다는 가설을 내세 우며 당당하게 먹기로 마음먹었습니다.

문득, 내게도 아무 말 하지 않을 권리가 있음이 떠올랐을 때

퇴근하고 혼자 온 카페에, 퇴근하고 혼자 온 인턴 선생님이 앉아 있다. 어깨를 톡톡 칠지 말지 고민하다가, 속삭이듯 주문을 하고 레몬티를 받아 등을 돌리고 앉았다. 혼자인 내 시간도 온전하고, 인턴 샘의 휴식도 그래야 하니까.

카페의 *BGM*이 유독 좋았습니다. 나는 언제부터인가 아무 말도 하지 않을 수 있는 잠깐의 시간에 감사하게 되었습니다. 아, 바라는 것들이 소박해지고 있었습니다. 환자에게 설명을 한창 하고 있는데 끼어드는 다른 환자, 끼어드는 또 다른 환자를 응대하고 있노라면 나를 부르는 또 다른 환자. 찾아가면 다시 똑같은 말로 재촉하는 첫 환자. 아아, 나는 이 침묵의 시간이 얼마나 자유로운 시간인지 알게 되었습니다.

이 사람들 없었으면 올해를 어떻게 견뎠을까 싶을 때

사람이란 한순간 곁에 모이는가 하면 어느 순간 돌아보면 아무도 없기도 하다. 마치 약속된 주기를 지키지 않는 밀물과 썰물처럼.

익히 알고 있는 사실이, 이들과 함께라서 '살 만했던 2015'를 돌이켜 보니 욕심이 된다. 겨울밤과 연말, 그것도 이제 며칠밖에 남질 않았다.

메르스 종식 선언을 했을 때

WHO 선언에 따라, 24일 0시엔 메르스 상황 종료를 한다고 해요. 보호 장구 때문에 땀으로 샤워하던 뜨거운 여름도, 중동의 '중' 자만 들어도 부들부들하던 가을, 그리고 이렇게 추운 겨울과 그 무서웠던 바이러스도, 다 지나가나 봐요.

다 지나가요. 참 고생 많았어요, 우리.

HURRAY

크리스마스에 바라는 게 너무 많은 걸까 싶을 때

나이가 들면서 소소한 일상을 지키는 일조차 쉬운 일이 아니라는 것을 알게 됐다. 그렇기에 평범한 오늘은 평범하기에 안도하고, 지루한 오늘은 지루하기에 감사의 이유가 된다. 조용한 응급실과 아무 일 없는 퇴근, 짧은 통화와 긴 잔소리, 따뜻한 저녁, 캔들 하나 켜 놓고 노곤해지길 기다리는 마음, 곧 찾아오는 고요한 밤. 이 일련의 아무렇지 않은 기적들이, 내일도 일어나기를.

메리 크리스마스.

영문도 모르고 '또' 큰 소리로 혼났을 때

마지막 날까지 쉽지 않았던 해, Adieu 2015!

많이 지쳐 가던 겨울이었습니다. 신규 간호사 때는 신규 간호사라서 배우고, 2년 차엔 신규 간호사가 아니라서 배울 게 많았는데, 3년 차엔 '일한 지가 몇 년 째'라서, 아직도 갈 길이 멀고 혼날 일만 많았습니다. 한 해의 마지막 날, 서류 종이 뭉치 한 다발이 눈앞에서 흩어져 내렸습니다. 누군가가 소리를 질렀으니 누군가는 고함을 들었고, 누군가 종이 서류를 던졌으니 누군가는 사방으로 날카롭게 떨어지는 종이를 놀란 눈으로 바라보는 멍청한 존재가 되고 말았습니다. 아주 상식적이고 기본적인 작용 반작용의 법칙을 우리는 중학교 3학년 때 배웠었나. 이렇게 복습을 합니다, 혹독하게요.

처음의 정직한 마음을 잃어 갈 때

초심이 뭐였는지 기억나지 않는다.
분명히 있었다는 것은 기억하는데…

한 해 마지막 날을 동기와 함께 보냈습니다. 사람 사이의 스트레스는 사람으로 잊고, 사람에게 받은 상처는 사람으로 보듬어진다는 것을 몸소 배웠습니다. 순수했던 초심은 온데간데없고 어떻게든 '오늘만 무사히'라는 생존 법칙만을 깨우친 것 같아, 나를 이렇게 만든 것들에 대해 화가 많이 났습니다.

실수로 욕이 튀어나왔을 때

얼마나 됐을까?

마음의 소리가 입 밖으로 이렇게 툭툭 튀어나오게 된 지가.

나의 많은 실수는 소생실에서 일어났습니다. 그러려니 넘어갈 만한 실수도 있었고, 그렇지 않은 실수도 있었습니다. 대개 실수를 하고 나면, 혼나더라도 배우는 무언가가 있었습니다. 그런데 욕이 튀어나와 버린 것은 그런 부류의 실수에 해당되지 않는다는 것을 알았습니다.

여전히 소생실 환자에게는 마음이 쓰일 때

세상에 당연한 건 아무것도 없다는데…

데이번 근무를 마치고, 마을 버스에 몸을 실었습니다. 가족들과 저녁 약속이 있어 약속 장소로 향하는 길이었습니다. 2월의 저녁은 빨리도 와서 버스 밖 풍경은 이미 어둑어둑 저물어 가고 있었고, 신호 대기로 잠시 멈추었을 땐, 뒷모습이 땡그랗게 귀여운 초록색 미니쿠퍼가 겨울의 빌딩 숲 한 컷을 알록달록하게 만들고 있었습니다. 문득 소생실 안과 밖의 온도 차가 시리게 느껴졌습니다. 당연한 게 너무 많은 내 일상을 깨닫고 나니, 왜인지 모르게 들떠 있던 마음이 차분하게 가라앉는 기분이었습니다.

사람 살리려다 내가 죽겠다 싶을 때 3

독감과 설 연휴가 만나 입사 이후 이례적인 업무 강도를 찍고 거짓말 같이 다시 오프. 밤샘 근무를 마치고 퇴근길 아침밥을 먹다가 시원하게 국그릇을 엎어 흰 바지를 버렸다. 다음 생엔 고양이로 태어나게 해 주세요. Sincerely…

죽을 것 같은데 죽지는 않는다는 것을 잘 알기에, 어떻게 살아야 할지 매일 고민하기 시작했습니다. 아, 응급실 간호사가 힘들어서 죽을 것 같다고 말하면, 나는 정말로 그렇다고 믿습니다. 사람은 쉽게 죽지 않는다는 것을 아는 우리들이, 그런 말을 했습니다.

여행 생각이 간절할 때

얼굴을 못 씻고 자고 일어나는 일이 허다해지고, 머리맡 스탠드도 끄지 못한 채 기절하는 일이 빈번하다. 자고 일어나니 친구의 병가 문자가 와 있다. 여행 가고 싶다.

신규 간호사가 허리를 굽혀 인사할 때

응급실에 신규 선생님이 왔다. Shadowing* 실습 기간이라 나를 쫓아 다니는데, 바빠서 뭐 가르쳐 주지도 못하고 일만 하다가 10분 남았을 때 뭐라도 알려 줘야 할 것 같아서 엄청 중요하고 너무나도 간과하기 쉬운 것을 알려 주었다.

#명심해 #쉴수있을때쉬어야한다

Shadowing : 실제 업무에 투입되기 전, 선배 간호사를 그림자처럼 따라 다니며 실습하며 업무를 익히는 것

올해 여름, 퇴사 계획이 있습니다

프리셉터* 교육 과정 대상자로 추천받은 자리에서 퇴사 의사를 밝혔다. 황당한 전개에 수선생님께서는 당황한 기색이 역력하셨다. 여태까지 잘해 오지 않았냐는 한마디에, 나이트 근무가 끝나고 뻑뻑하고 건조한 눈에서 뭐가 자꾸 뚝뚝, 흘러내렸다.

프리셉터(preceptor) : 신규 간호사들이 새로운 역할을 습득하고 사회화할 수 있도록 일정한 시간 동안 신규 간호사를 교육, 상담하며 역할 시범을 보여 주는 경험 많은 경력 간호사

간호사라서 다행이다 싶을 때 3

모르긴 몰라도, 좋은 친구 되기의 기본 수칙이 '듣기에 충실할 것'임은 분명할 것이다. 나를 포함한 말 많은 사람들은 조금 숙연해질 필요가 있다는 것을 인정하고 나면, 누리천사가 누리천사인 이유를 알 수 있다. 어쨌든 오늘도 누리천사는 힐링이야. 나는 복통 때문에 NRS*가 9점이야.

퇴사 결정만큼은 조용히 혼자 해내고 싶었는데, 결국 탈탈 털어놓아 응급실에 남을 동기를 외롭고 괴롭게 만들었습니다. 터질 것 같던 내 머리는 홀가분해졌지만 친구 덕분에, 간호사에게도 간호사가 필요하다는 것을 알게 되었습니다. 우리는 결국 조금, 혹은 많이 아픈 사람들일 뿐이니까요….

NRS, Numeric Rating Scale : 통증 사정 도구 중 하나로 0에서부터 10까지 숫자로 통증 수치를 나타낸다.

출근하면 퇴근이 그립고, 퇴근하면 출근이 두려울 때 1

소아 응급실에서 채혈 머신이 된 지 8시간 만에, 양 손목이 욱신거려 잠이 오질 않는다. 맥주도 미드도 고단한 이런 밤에는 손목 하나 까 닥하지 않고 천장이나 볼 일이다. 감사하게도 하이킥 니킥 머신 '킥복 싱 왕' 환아는 안 왔으니 내 손목은 아마 내일쯤 괜찮아지겠거니 하고.

똑같은 일을 해도 유난히 에너지가 갑절로 드는 날이 있습니다. 소아 응급실은 그런 곳이었습니다. 몸이 아파서 온 아이와 그런 아이를 데려온 보호자, 항상 두 명의 환자가 함께 오는 곳. 환아가 칭얼댈 때마다 간호사들에게 신경질적인 짜증을 부리는 엄마를 토닥이는 것 또한 나의 일이었습니다. 그럴 수 있습니다. 아이는 아프고, 엄마는 응급실이 불편하니까요. 하지만 화풀이를 하면서도 본 인이 화풀이를 하는 줄도 모르는, 그런 사람들 앞에 자주 있다 보면….

출근하면 퇴근이 그립고, 퇴근하면 출근이 두려울 때 2

어제 이브닝 동안 중환자실 네 번 다녀오니 오늘 이브닝 출근하기가
두렵다. 신나는 노래 듣고, 스트레칭하고 씻자. 그러자. 아자.

해도 무거운 엉덩이.

마지막이라 생각하니 고마웠던 것들만 떠오를 때

사직 인사 드립니다.

엄마가 그토록 자랑스러워하던 이 병원을 떠납니다. 누군가에게는 꿈이고 누군가에게는 자랑스러운 딸의 직장, 누군가에게는 붙잡아야만 하는 지푸라기 같은 희망이 되는 '이곳'.

이곳이 어떤 의미인지는 아직, 반도 채 알지 못한 것 같습니다. 매일매일이 도전인 이곳에서 4년의 시간을 보내고 퇴사를 결정하니, 어떤 대단한 과정을 마치고 졸업하는 기분이 듭니다. 많은 것을 보았고, 많은 사람들과 부딪혔고, 그보다 더 많은 교훈들을 얻었습니다.

응급실 간호사들은 냉철해야 할 '때'와 따뜻해야 할 '때'를 아는 사람들이라는 생각이 듭니다. 선생님들의 멋진 모습을 그토록 닮고 싶었는데, 그간 저는 냉철해야 할 순간에 맘속으로 많이 주저앉고, 따뜻해야 할 순간에 툴툴거리기 바빴던 기억들뿐이라 아쉬움이 많이 남습니다.

이곳, 봄, 여름, 가을, 겨울 그리고 뜨겁던 메르스의 계절에도 묵묵히 자리를 지키던 선생님들이 있어 벅참이 있던 곳,
'응급실다운 응급실'.

이곳을 떠나지만, 어디에 있든 늘 좋은 간호사가 되기 위해 노력하겠습니다.

고맙습니다, 선생님.

FPS 10점

Chapter 2

통증조절: 적절하게 필요하고
중 독 되 기 쉬 운 것 들

여 행

산송장같이 살고 있는 내 자신이 불쌍했다.
일상으로부터 늘 도망치듯 살고 있는 내 자신이 한심해지고 만 것이었다.
당장이라도 떠나야 함을 느꼈다.

여행을 떠올렸다. 비행기표를 샀다.

나는 내가 아픈 줄도 모르고

타고난 집순이라 나를 칭했었다. 집순이가 어때서? 사실 집순이, 집콕, 방콕 같은 말도 안 되는 단어들은 나에게 결함이라도 있는 것처럼 느껴져 마땅치가 않았다. 쿠크다스 같은 내가 어디 가서 누가 그런 단어들을 만들었느냐고 따지지는 못하겠지만서도, 속으로는 늘 그리 생각했다. 집순이가 어때서.

생각해 보면 집순이 하나가 태어나는 과정은 단순했다. 집 밖 한 발짝만 나서면 맡는 칼칼한 미세 먼지에, 길거리를 걷다 보면 심심치 않게 얻어맞는 어깨빵에, 잠시 쉴까 하고 앉은 스타벅스에선 내가 뭘 하러 왔는지도 기억나지 않을 정도로 옆 테이블의 볼륨이 높아 머리가 아팠다. 어쩌면 내게 문밖을 나간다는 것은, 준비도 안 된 채로 전쟁에 참가하는 행위였다.

그러다 집에 돌아와 노트북을 끌어안고 한 손엔 마우스, 한 손엔 맥주를 들면 마음 깊은 곳에서부터 뜨뜻한 행복감이 올라왔다. 마치 일터에서 아등바등 할 만큼 했으니, 집에서만큼은 꼼짝도 꼼지락도 말아야겠다는 작심을 한 것처럼.

집순이 시절에는 온 세상 즐거움이 내 방 안에 있었다. 퇴근하고 나면 나는 누구와 약속이 있는 것도 아닌데, 부랴부랴 유니폼을 벗어던지고 집으로 향했다. 빨리, 한시라도 빨리 집에 도착해야 했다. 취미의 정의가 자주, 즐겁게, 그리고 나를 행복하게 하는 그 무엇이라면 '허구의 세계로 가는 것'이 나의 취미였다. 시끄러운 이곳을 벗어나 한시바삐 허구의 세계로 떠나는 것이 나만의 즐거움이었다. 소설, 영화, 하루는 한국 드라마를, 하루는 미드를 정주행했다. 읽다가 덮어 버리든 보다가 잠이 들든 중요한 일이 아니었다. 그렇게 한동안 내 이야기가 아닌 남 이야기에 욕심을 부렸다. 어쩌면 지루해진 내 일상보다는 쫀쫀한 긴장감이 있는 허구의 세계 속 주인공의 다음 스토리가 궁금했을지도 모르겠다. 퇴근이 끝나기 무섭게 집으로 달려오는 날들이 한동안 지속되었다. 소중한 내 휴식 시간이 허비되지 않도록 발걸음을 재촉했다.

그러던 중 어느 날부터였는지, 설레는 마음을 안고 퇴근한 집순이가 집에 도착하기가 무섭게 고꾸라져 잠이 들었다. 허구의 세계로 도망칠 새도 없이 고꾸라졌다. 밤샘 근무 후 아침에 고꾸라지기도 하고, 새벽 출근한 날에는 집에 도착하면 대낮에도 가방을 멘 채 고꾸라졌다. 고꾸라지는 것은 문제가 아니었다. 원치 않는 수면의 가장 큰 문제는 원치 않는 기상에 있었다. 길거리 어깨빵도, 시끌벅적한 스타벅스까지도 그리워질 만큼 고요한 한밤중에 눈을 뜨는 일이 잦아지다 보면, 자연스레 아아, 나는 왜 사는 걸까 싶어 탄식이 새어 나왔다. 산송장같이 살고 있는 내 자신이 불쌍했다. 일상으로부터 늘 도망치듯 사는 내 자신이 한심해지고 만 것이었다. 당장이라도 떠나야 함을 느꼈다. 직장인의 우울 알고리즘을 끊어 내는 방법으로 알고 있는 것이라곤 별로 없었다. 여행이 떠올랐다. 비행기표를 샀다.

목적지를 정할 필요도, 스케줄을 고민할 필요도 없었다. 서울에서 제일 먼 곳으로 가자. 오늘로부터 제일 가까운 스케줄에 가자. 그렇게, 제주에 도착했다.

편지, '2016년의 나에게'

　짧은 제주 여행이 끝나 간다. '짙은'의 노랫말처럼 도망치듯 온 여행은, 좋았고, 좋다. 정말… 눈물이 날 정도로. 여기서는 아무도 도망친 나를 부르지도, 붙잡지도 않고 저마다 행복하여 그 나름대로의 행복을 즐기느라 혼자 온 나에게는 어떤 관심도, 질문도 없다. 나는 혼자서 요 며칠을 설레다가, 설렘에 잠을 설쳤다가, 부랴부랴 짐을 챙겼다가, 비행기에 올라 제주에 왔다. 날이 추워 예쁜 사진들을 많이 담지 못해 아쉽지만 이미 충분하다는 것을 안다.

　'잘'하고 싶은 곳에서 잘 '못' 한다는 소리를 듣고, 가당치도 않은 피드백을 받으며 나는 많이 부서졌다. 이번 겨울은 내게 많이 무섭고 많이 힘든 시간이었다. 푸대접을 받는 것에 익숙하지 않아 그런 상황이 용납되질 않았다. 그래 봤자 그 순간 한때뿐이고 그들도 영원하지 않을 거라는 걸 알면서도, 용납되질 않았다. 부메랑처럼 돌아오는 무언가가 나를 치고 혼자 있는 밤이면 무언가가 나를 매섭게 몰아갔다. 어리석었다. 푸대접을 받는다고 내가 푸대접을 받을 만한 사람이 되는 것도 아닌데.

1시간의 비행이면 이렇게 세상에서 가장 행복한 사람이 되고 마는데. 적어도 내가 나한테는 이 세상에서 최고로 대우받아 마땅한 사람일 수 있는데. 여기 제주에서, 있는 힘껏 나 자신을 대접해 주고 나니 기분이 한결 나아졌다.

　평소에도 조금만 더 신경을 써서 나를 대접해야겠다. 좋은 풍경, 따뜻한 잠자리, 예쁜 사진들과 위로의 글들, 맛있는 음식까지.

　평소에도 시간을 내어 '나를 더사랑하기'를 조금씩 자주 연습해야겠다.

눈물이 날 것만 같았다. 그만큼 필요했던 여행이었나 싶었다. 어떻게 고작 1박의 일탈이 이렇게나 의미 깊을 수 있을지 알다가도 모를 일이었다. 조용한 카페에서 혼자 머릿속이 시끄럽다가 한 구절이 마음을 울렸다.

나는 내가 아픈 줄도 모르고

모르긴 몰라도 나는 꽤나 많은 사람들에게 물었을 것이다. 언제부터, 어디가, 어떻게, 얼마나, 어떤 양상으로 아프시냐는 질문. 진통제를 주고 나면 다시 물어야 했다. 이제는 조금 괜찮아졌냐고 물었다. 조금 나아졌든 나아지지 않았든 남들의 통증을 사정(査定)하는 일은 내게 상투적인 일이었다. 앞으로 더 지켜보아도 될지 아니면 또 다른 진통제가 필요할지 확인했다. 그렇게 남의 통증을 확인하는 일은 나의 습관이 되어 가고 있었다. 나는 내가 아픈 줄도 모르고.

제주 여행 이후로, 나는 허구의 세계로 도망치는 것을 그만두었다. 허구의 이야기들보다는 나의 일상에, 생중계되는 지금, 그리고 이곳을 조금 더 직시하려고 노력했다. 괴로운 장면이든, 아름다운 장면이든 두 눈을 똑바로 뜨고 가까이서 지켜보기로 했다. 내 삶이니까. 자세히 보아야 예쁜 법이라니까. 아니면 다시 떠나지 뭐, 하는 생각으로.

그러니 나의 의무는, 지금, 이곳이다. 내 일상에 생명력을 불어넣는 것, 그것을 내 것으로 만드는 것, 그리하여 이 일상을 무화(蕪化)시켜 버리지 않는 것, 그것이 나의 의무이다. 이것이 내 일상에 대한 최소한의 예의이다.*

김민철, <모든 요일의 기록>, 북라이프

제주 사진 몇 장과 함께 다시 서울에 도착했다. 짧은 오프로 무작정 집을 떠났던지라 일상에 돌아와 몇 시간 숨 돌릴 여유조차 없었다. 새벽 1시경 집에 도착했고, 새벽 5시쯤 하루를 시작하라는 알람 소리가 울렸다. 아무도 몰라봤겠지만 나는 이미 달라져 있었다. 나만 알아차릴 수 있는 미세한 변화였겠으나 그날 아침은 며칠 전의 그 아침이 아니었다.

'다시', 그러나 조금 상쾌한 아침이었다.

홀로 여행한 제주의 여운은 한참을 갔다. 겨울 제주에서의 1박의 기록과 잔상은 봄이 다 오도록 내내 진했다. 다시, 힘을 냈다. 일상에서 도망치지도, 허구의 세계에서 허우적대지도 않았다. 살아지는 것이 아니라 살아 내고 있었다.

빠른 주기로 내려앉는 심장 덕분에 더 자주 여행이 고파졌다.
버텨 오던 많은 것들을 떨쳐 내고 긴 휴가를 떠났다.

버티는 삶에 대하여

대체로 나는 삶을 버틴다는 말에는 어딘가 모를 불편함이 느껴져 실로 공감하지 못했다. 아니, 행복하게 살기도 바쁜데 버티는 삶은 얼마나 수동적인 거야. 얼마나 피곤한 삶이야, 하면서.

응급실 간호사가 되고 나서, 종종 주저앉고 싶어 하는 내 무릎을 붙들어야 할 때가 있었다. 가쁜 숨이 턱 끝까지 차오르는 것을 참느라, 그리고 예고 없이 들이닥치는 자살 시도 환자들 덕분이었다. 깔끔한 슈트에 두툼한 모직 코트, 커프스 버튼까지 착용한 회사원이 아침 출근길에 나서지 않고 옷장에서 발견돼 온다거나 새벽 어스름에 젊은 여자가 한강물에서 꺼내어져 온다든가 하는 일들이 그러했다. 안타까운 마음이 먼저였는지 두툼한 코트가 웬만해선 가위로 잘려 나가지 않아 당혹스러운 마음이 먼저였는지 아직도 알 수가 없다.

그러다 내가, 집에 도착하기가 무섭게 고꾸라지는 날들이 늘어나고 있었다. 버티는 삶이 이런 삶을 말하는 것일까 갸우뚱해지기 시작했다. 아, 말로만 듣던 '버티는 삶'이 어느 순간 내 몫이 되어 버렸을 때, 내가 할 수 있는 최선은 '잘' 버티기 위한 노력뿐이라는 생각이 들었다. 버티어 내고, 견뎌 내는 것 또한 어쩌면 나를 돌보는 가장 능동적인 모습일지 모른다는 생각과 함께.

제주 여행이 기억도 나지 않을 만큼 한참이 지났다. 일이 힘들고 재미가 없는 날이 자주 찾아왔다. 현실에서 벗어나려면 그토록 안간힘이 드는데, 어째서 현실로 돌아오는 일은 이렇게 순식간에 이루어지는 걸까. 괴로운 날일지라도 '그래도'라는 단어의 마법을 잘 이용하던 나였는데. 힘들수록 재치를 잃지 않으려고 노력하던 나였는데, 갑갑한 마음은 지속되고 있었다. 버틴다는 말에 고개를 끄덕이고 나니, 내가 병원을 다니긴 하나 그저 왔다 갔다 할 뿐이구나 하는 생각을 지울 수가 없었다. 해야 할 말만 겨우 하고, 해야 할 일만 간신히 기계처럼 하며 시간을 보내고 있다는 것을 인정할 수밖에 없었다. 빠른 주기로 내려앉는 심장 덕분에 더 자주 여행이 고파졌다. 버텨 오던 많은 것들을 떨쳐 내고 긴 휴가를 떠났다. 도쿄에서 언니를 만났다.

2016. 6
할 줄 아는 말이라고는 스고이! 오이시! 아리가또!뿐.
그래서 대단하고 맛있고 감사한 하루가 되고 만다.
아! 하나 더 안다. 꺄르르 웃는 애기들, 카와이이-

하늘을 가리키던 내 손끝을 따라 내려오다 보면, 어느새 나는 푸른 바닷물 한가운데를 가리키고 있었다. 탁 트인 하늘과 바다, 그 사이의 모호한 경계선을 보니 나도 모르게 큰 숨이 뱉어져 나왔다. 그 순간 깨달았다. 내가 정말로 원하던 것은 기계같이 시간을 흘려보내며 사는 것이 아니라 '살아 있구나' 하는 삶의 체험이었음을.

혼란스럽던 문제들이 불현듯 명료해지는 순간, 여행에는 그게 있어요. 돌아오면 역시 또 그 사람으로 살겠지만나, 떠나기 전과 100퍼센트 똑같은 사람은 아니에요.*

다시, 여행을 계획한다. 다시, 돌아와 이내 지칠 것을 안다.
그럼에도 다시 여행을 꿈꾼다.
종교가 없는 나로서는 여행만큼 믿음을 주는 것이, 또 없기 때문에.

은희경, <생각의 일요일들>, 달

114

술

어쩌면 나는, 술을 핑계로 약간은 여유로워지고 싶었던 것 같다. 술에 기대 선배 앞에서 살짝 흐트러지거나 무례해지고 싶은 마음이었다. 본성이 무르고 우유부단한 터에, 일하면서는 항상 자신에게 이성적이고 냉철해야 한다고 다그쳤다. 내게 취한다는 의미는 본래 내 모습대로 조금은 솔직하고 감성적이어도 괜찮다고 허락하는 필요충분조건이 되어 가고 있었다.

(소주+맥주+사이다) × 기합=밀키스

선배들과 속초 여행을 떠났다. 일 시작한 지 만 1년이 지나갈 때쯤, '조직 활성화'라는 명목으로 일어난 일이었다. 조직과 활성화라니. 여행을 좋아하는 나였지만, '이건 좀…'이라는 생각부터 들었다. 내 밑으로 후배라곤 하나도 없는 막내 시절이었으니 내겐 그저 24시간 동안 선배들과 함께하는 불편한 자리가 될 것이 뻔했다. 일할 때도 거추장스러운 신규가, 선배들과의 여행길에도 짐이 되진 않을까 조심스러운 마음으로 여행길에 올랐다. 내게 여행이란 자고로 재충전의 기회였는데 이 여행은 새로운 형태의 업무이지는 않을지 의심하면서.

나는 출근한 지 1년이 지나도록 소심한 캐릭터를 벗어나지 못하고 있었고, 선배의 말 한마디에 자동 반사적으로 흠칫하는 버릇은 여전했다. 선배의 종류에는 여럿이 있지만, 그중 옳은 말만 하는 선배들은 내가 가장 대하기 어려워하는 부류였다. 유독 애정이 많은 선생님들은 아는 것도 많을뿐더러 옳은 말만 하시기 때문이었다. 그런 선배들과는 괜히 말을 섞었다가 내 무지가 드러날까 더더욱 조심스러워졌다. 티가 났을지 모르는 일이지만 센 척에는 약한 척으로,

애정에는 공부로 보답하며 나름의 감사를 표했다.

한번은 환자가 과호흡(hyperventilation)으로 손과 발의 감각을 잃고, 마비감을 호소하며 응급실에 들어온 적이 있었다. 과호흡 환자는 여럿 봤어도 손발이 강직되고 꼬이는 양상은 처음 보았던 터라 나는 환자가 경련을 하고 있는 것은 아닌지 알 수 없어 혼란스러웠다. 그때를 놓치지 않고 선배가 낮은 목소리로 물었다. 저 환자의 손발이 왜 저렇게 닭발처럼 되어서 온 건지 아냐고. 과호흡이 심하면 저렇게 손발이 틀어지고 꼬이는 증상이 나타나는 이유가 무엇이냐고. 나의 무지를 꼬집는 따끔한 질문에 또 한 번 움츠러들고 말았지만, 그 후 그 선배를 마주칠 때마다 고마운 마음이 먼저 앞섰다. 날카로운 질문에 항상 애정이 묻어 있는 선배였으니까. 맞는 말만 해 대는 그 선배가 운전하는 차에 올라탔다. 나는 조용할 수밖에 없었다.

하루해가 저물 때쯤, 선배들과 대포항 횟집으로 들어섰다. 회 맛도 잘 모르고, 소주 맛도 잘 모르는 나였지만 선배가 주는 술은 아껴 먹고 싶지가 않았다. 소주랑 맥주 그리고 사이다까지 섞은 다음, 기합을 넣듯 잔 밑을 팍 치고 나면 폭탄주에서 돌연 밀키스 맛이 났다. 주는 사람과 받아먹는 사람의 타이밍이 절묘해야 맛이 사는 법이었다. 취기가 오를 대로 올랐다는 사실은 안중에도 없었다. 단지 선배가 주는 박자에 내가 맞추고, 내가 만든 박자에 선배가 맞추는

리듬과 흥이 난무했을 뿐이었다. 빈 병이 늘어나는 만큼 서로의 목소리가 커지다 보니, 몸과 마음이 통제에 따르지 않기 시작했다. 눈꺼풀이 마구 무거워지고 어깨와 무릎 근육들이 이제 좀 쉬고 싶다고 칭얼대는 것 같았다. 몽롱한 기분과 함께 입가에 미소가 지어졌다.

그러니까 나는 여태 선배가 웃는 법을 모른다고 오해했을지도 모르겠다. 내가 알던 이 선배들은 응급실에 여유롭게 출근해 여유롭게 퇴근하는, 놀라운 부류의 사람들이었으니까. 예고치도 않은 환자의 심정지로 내 심장까지 함께 멎으려 할 때, 선배는 예상이라도 했다는 듯 태연하게 침대에 올라타 가슴 압박을 시작했으니까. 나와는 다른 부류의 사람들이라고밖에, 달리 할 말이 없었다. 몇 년이 지나도 나는 될 수 없는 그런 종류의 간호사. 그 닭발 선생님이 그러하고, 닭발 선생님의 동기 선생님이 그러했다. 몇 잔을 마셨는지 세어 보지도 못한 채 혀가 꼬부라졌다. 미소를 짓다가 나도 모르게 아, 선생님 개좋아요! 를 외쳤다. 아아, 날이 쌀쌀하다면서 백허그도 선사했던가. 취해서 고꾸라졌다가 박차고 일어났었던 것 같기도. 그리고 선배들에게 박력 있게 한 잔 더를 외치며 왜 나는 오른발차기를 했던가. 기억이 희미하다. 분명한 것은 그날 이후 나는 한동안 '김 또라이'로 불렸다는 사실뿐.

어쩌면 나는 술을 핑계로 약간은 여유로워지고 싶었던 것 같다.

술에 기대 선배 앞에서 살짝 흐트러지거나 무례해지고 싶은 마음이었다. 본성이 무르고 우유부단한 터에, 일하면서는 항상 자신에게 이성적이고 냉철해야 한다고 다그쳤다. 내게 취한다는 의미는 본래 내 모습대로 조금은 솔직하고 감정적이어도 괜찮다고 허락하는 필요충분조건이 되어 가고 있었다. 철학자 칸트는 술은 입을 경쾌하게 하고 마음을 털어놓게 한다고 하였다. 이리하여 술을 솔직함을 운반하는 물질이라고 정의하기도 하였다. 내가 말하면 헛소리일지 몰라도 칸트가 말했으니, 말 다 한 것 아니겠는가.

2014. 3.
술에 취하는 건지, 봄에 취하는 건지

봄이 갖다 주는 햇살 선물, 벚꽃 선물, 설렘 선물
이 모든 게 다 공짜라고 생각하니,
아! 벌써 취하는 것 같다
하튼 일케 맘도 예쁜 것이, 심지어 이름까지 예쁘다…

봄아!

알코올이 치료적 농도에 도달할 때

술맛을 알아 버렸다. 아니, 한창 알아 가고 있었는데 제대로 된 명분까지 선 것이었으리. 알코올이 웃고 떠들기에만 이로운 것이 아니었다. 앉은 자를 일어서게도, 세상을 평화롭게 하기도, 환자를 치유하기도 한다는 것을 나는 알고 있던 터였다.

하루는 실험용 메탄올을 실수로 마신 연구원이 목이 아파 내원했다. 치료법은 '소주 90cc/hr PO*복용'. 알코올은 분해되면 아세트알데히드가 되고, 메틸 알코올(메탄올)은 분해되면 위험한 포름알데히드가 된다. 독성이 강한 메틸 알코올은 소량 복용에도 인두염, 후두염, 시신경 손상이 일어날 수 있을 만큼 위험하다. 이럴 때엔 소화 분해 효소가 메틸 알코올이 아닌 알코올에게 쓰이도록 해야 하기 때문에, 알코올(소주)을 복용토록 해야 한다고.

응급실에서 쉬이 볼 수 없는 광경이었다.
수혈하는 환자 옆에서 젊은 연구원이 EKG* monitoring을 한 채, 소주를 마셨다.

1. PO : Par os, 구강으로
2. EKG : Electrocardiogram, 심전도

2013. 1.
술이 좋은 건지 동기가 좋은 건지

따뜻한 우동, 달달한 고로케, 아뜨뜨뜨 할 수밖에 없는
따뜻하게 데운 사케!
는 역시 내 좋아하는 이와 먹어야 제맛.
좋아하는 이와 좋아하는 것을 먹으니
좋아하는 것이 두 배가 된 느낌은
손가락 하나가 두 개로 보이는
망할 혈중 알콜 농도 덕택인가?
망할… 배경 음악까지 좋다…

사람을 만나다 보면 부딪히고, 부딪히다 보면 둘 중 하나는 깨지고 만다는 것을 직장인이 되고 나서야 비로소 깨닫는 중이었다. 그 중 깨지는 돌은 멋 모르는 '나'이거나 '나'여야 했고 그런 날엔 야밤중에 발작적으로 이불을 박 찼다. 집까지는 제발 기어들어 오지 않았으면 했던 직장의 스트레스가 허 락도 없이 나의 일상을 침범했다.

그렇게 직장인이 되어 가고 있었다.

좋은 날은 즐기면 되고 힘든 날엔 배우면 된다

큰 병원 응급실에서 일한 지 4년이 넘어간다. 막 입사하여 선배들 이름을 외울 때, 월급이 과분하여 지레 일찍 출근하고 늦게 퇴근했던 때가 있었다. 얼마 가지 못해 일이 이렇게 빡센데 박봉이다 박봉이야, 하며 출퇴근길 발에 걸리는 돌멩이마다 다 걷어찬 이유는, 퇴근하고도 나는 꿈속에서 헉헉대고 뛰어다니면서 환자를 돌봤고, 환자에게 투약할 약을 택시에 두고 내리기 일쑤였기 때문이다. 전쟁에 나가 보진 않았지만 내 인생에선 전쟁과도 다름없는 날들이었다. 하루는 수류탄이 터졌고, 하루는 누군가가 쏘아 대는 따발총을 온몸으로 피해 다녔다. 잠에서 깨어나면 꿈에서 놀란 가슴 붙잡고 호들갑 떨었던 것이 억울해 물을 벌컥벌컥 마셨다. 꿈속 일이야 어찌할 도리가 없으니 돌멩이를 차 버리면 그만이었지만, 나를 갉아먹는 것은 따로 있었다. 이따금 떠오르는 병원에서 마주친 무례하고 불쾌한 사람들. 사람을 만나다 보면 부딪히고, 부딪히다 보면 둘 중 하나는 결국 깨지고 만다는 것을 직장인이 되고 나서야 비로소 깨닫는 중이었다. 그중 깨지는 돌은 멋모르는 '나'이거나 '나'여야 했고 그런 날엔 야밤중에 발작적으로 이불을 박찼다. 집까지는 제발 기어들어 오지 않았으면 했던 직장의 스트레스가 허락도 없이 나의 일상을 침범했다. 그렇게 나도 직장인이 되어 가고 있었다.

"그런 사람들을 다 돌멩이라고 생각하면 되겠네. 너를 단단하게 만들어 줄 돌멩이들이라고 생각하고 뭐라도 배우고 나서 차 버리면 되겠네."

술상 앞에서 아빠가 말했다. 마음속 '새로고침' 버튼을 눌러 대며, 화를 냈던 사람들을 끊임없이 돌려 보다가 답답한 마음을 어찌하지 못하고 또 우울해지고 만 나에게, 어른 아빠가 내게 해 준 돌멩이가 어쩌고 이야기의 결론은 좋은 날은 즐기면 되고 힘든 날엔 배우면 된다는 것이었다. 그러니까 어른이 되기 위해선 나를 둘러싼 사람들이 언제든지 돌멩이로 변할 수 있다는 준비를 하고 살아야 할 일이었다.

내가 보살도 아니고 돌멩이들한테 교훈을 얻으라니, 너무 가혹한 것 아닌가. 어쨌든 마음 한편에 타산지석 네 글자를 쓰고 나니, 이후 만나는 돌 같은 인간들이 참으로 변변찮게 느껴졌다. 도무지 이해가 가지 않는 돌멩이들이야 문밖에 널렸고, 나는 그들에게서 배우지 말아야 할 것들을 얼른 적고 차 버리기 시작했다. 하루는 심폐소생술이 필요한 환자가 온다기에 온 의료진이 대기하고 있던 찰나였다. 컴퓨터 앞에 서 있는 의료진이 놀고 있는 줄 알았겠지. 대뜸

소리부터 지르는 인간, 그 인간은 눈앞에 있는 상대방이 어떤 돌들과 부딪치며 살아왔을지 내 인생의 뒤를 1미터도 채 내다볼 여력이 없는 인간이었다. 옹졸한 마음이 어찌나 바쁘시기까지 한지 눈앞에 자신의 1, 2분 챙기기 급급한 인간들. 언제부턴가 화를 내는 사람들을 보면, 한편으론 안쓰러운 마음부터 일기 시작했다. 또 어떤 종류의 결핍이, 저 인간을 저렇게 초라하게 만들었나 싶어서. 돌멩이들이 변변찮아진 것에 비하면 그로 인해 얻는 내 마음의 평화는 의미 있는 것이었다. 어쩌면 나는 여지껏 직장에서 일어나는 에피소드에 대해서 투덜댈 줄만 알았지, 즐기는 법을 전혀 배우지 못했던 것이었다.

미묘하게 누군가가 거슬리기 시작할 때, 그 일이 자꾸 생각나 퇴근하고도 스트레스 받는 나 자신에게 또 한 번 화가 날 때, 스스로에게 묻는다. 이 복잡한 미움의 정체는 무엇일까. 배우지 못하고 차버리지 못한 돌은 무엇일까.

그래, 마침 이런 날 내 앞에 맥주라도 있어 다행이다. 그 인간들이 아주 떼로 안주가 되어 주는 날이니까. 불쾌하고 맛없지만 술자리에선 사실 하등 중요하지도 않은 그런 안주. 안주가 영 시원찮아도, 시원한 맥주가 제대로이면 되는 것 아니겠는가. 그리고 내가 내일 당장 사표를 던지더라도 밥은 먹었냐고 태연하게 물을 것 같은 이 사람들만 있으면 되지, 안주가 뭣이 중헌디?

양꼬치엔 칭따오

환자와 보호자에게 욕을 먹어 진이 다 빠지거나 디지게 Intubation(인공 기도 삽관)하느라 못 할 줄 알았던 퇴근이란 것을 하는 날, 그래도 항상 자고 나면 괜찮겠지 하는 기대감으로 잠이 들었다. 아침엔 오늘은 다시 씩씩하게 해 보자! 그래, 아자! 힘내자! 마음먹는 데에만 한나절을 다 보내야 출근할 수 있었다. 그런 날도 어김없이 다른 환자에게 내 멘탈을 탈탈 털리고, 또 다른 중환자를 보며 한숨이 나오면, 나는

아아, 나는 이렇게 연약해서 할 수 있을까.
언제까지 할 수 있을까.

하고 생각하기 일쑤였다. 감당하기 어려운 무언가에 봉착했다는 사실을 직감한 날에는, 퇴근길 맥주 한잔이 간절했다. 생각보다 우리는 너무 어리고 연약하지 않은가 하는 생각에서였다. 그러니까 우리가 대학 갓 졸업해서 마주하는 사람 대부분이 생사를 넘나드는 상황에 있거나 그게 아니라면 소생실 앞에 주저앉는 보호자라는 것 말이다. 알바하면서도 본 적 없는 취해서 욕하는 사람들, 손찌검 시

능을 하는 사람들을 여기서 만날 줄이야 상상을 못 했었으니까. 벅차다는 말을 하지 않고도, 퇴근길 동기들 표정을 보면 맥주가 필요함을 알 수 있었다. 나의 온전하게 비빌 언덕이 되어 주는 동기들을 꼬셨다. 어리고 연약하기란 그들도 마찬가지겠지만 백지장도 맞들면 낫다던데, 힘없는 신규일수록 모여 떠들어야 하는 것 아닌가 하고. 맥주, 맥주가 필요한 밤마다 그들을 불러냈다. 무언가에 대한 갈증이었는지 모르겠지만 벌컥벌컥 마시고 나면 기분이 한결 나아졌다.

길거리가 흐려지도록 마시고 나서 돌아오는 밤이면, 우습게도 하루가 개고생으로 끝나지 않고 해피엔딩일 수 있었다. 술에는 그런 위로가 있었다. 술이 없었다면 개고생일 뿐이었을 나의 하루가, 술 덕분에 동기와 박장대소한 날로 마무리되었다. 산전수전 겪은 나의 하루에 공중전 겪은 동기의 이야기가 더해지면 우리 사이에는 묘한 위로의 공기가 생겼다. 그런 안도감이 좋았다. 아무리 사람 살리려다 내가 죽을 것 같던 날이었을지언정 시원한 맥주를 들이켜고 나면, 그저 하루 털어놓을 양의 에피소드밖에 되지 않는다는 것을 알았다. 동기를 붙잡고 떠들지 않았더라면 두고두고 개빡침이 되었을 이야기가, 떠들고 나면 동기들과 끈끈해지는 데 도움이 되는 그날의 안줏거리로 변모하는 것을 여러 차례 느끼고 나니 '개고생과 술'은 뗄 수 없는 조합이라는 확신이 들었다. 이브닝이 끝나고, 우리는 양꼬치집에 자주 들렀다. 야, 딱 한 잔만. 나도 바빠. 그런데 딱 한

잔만 마시고 빨리 일어서자. 그렇게 응급실 간호사 월급의 몇 할은 양꼬치집으로 갔다. 개고생과 술, 그리고 두 단어 사이엔 항상 어리고 연약한 우리가 있었다.

> 술 한 번 마실 때마다
> 뇌세포를 한 마지기씩 죽인다고 하지만
> 뇌세포 다 살려 갖고 가야 맛인가! 세포들아,
> 터진 솔기와 실밥을 감추지 못하는 뇌세포들아,
> 세포 수에 가난한 나를 용서 마라.*

황동규, <어둡고 어두운> 中

128

책

책이 재미있냐고 묻는 사람들에게 솔직히 해 줄 말이 없다. TV가 재미있냐고 내가 묻지 않는 것처럼, 그런 질문은 그냥 받지 않았으면 좋겠다. 왜냐하면 무언가를 좋아하게 된다는 것은 누군가가 설득해서 이루어지는 것이 아니라 직접 경험해야 하는 일이니까.

활자가 주는 쾌감

아직도 간호사를 뽑을 때 취미를 묻는지는 모를 일이지만, 내 입사 지원서 취미란에는 운동과 바이올린 연주를 적었더랬다. 규칙적인 운동은 병원에서 일할 수 있을 만큼 건강한 이미지를 심어 주기에 적당했고, 바이올린은 '하모니' 또는 '팀워크'라는 게 뭔지 좀 아는 면접생으로 나를 탈바꿈시켜 주었다. 활을 쥘 줄 아는 정도의 연주 실력에 불과했지만, 면접장에 바이올린을 지참할 의무는 없었으니 자유로이 나를 과대 포장할 수 있었다. 아무래도 내가 돈과 에너지, 시간까지 쏟으며 기쁨을 얻는 맥주 마시기와 책 읽기 따위는 취미란에 어울리지 않는 것 같았다. 이유는 몰랐지만 그랬다.

책이 재미있냐고 묻는 사람들에게 솔직히 해 줄 말이 없다. 아니, 내 몇 마디로 그들로 하여금 책을 펼치게 할 수 있다면 진작 했겠지만 내 노력이 의미가 있는지 잘 모르겠다. TV가 재미있냐고 내가 묻지 않는 것처럼, 그런 질문은 그냥 받지 않았으면 좋겠다. 왜냐하면 무언가를 좋아하게 된다는 것은 누군가가 설득해서 이루어지는 것이 아니라 직접 경험해야 하는 일이니까.

부끄럽지만 나는 다독가도 속독가도 아니다. 단지 활자를 붙잡고 있는 것을 좋아할 뿐이다. 그럼에도 불구하고 책을 좋아한다고 말할 수 있는 것은 그렇게 붙잡고 있다가, 어떤 힘든 날에 피식 웃음이 나는 경험을, 저 또라이 같은 것은 왜 저렇게 또라이일 수밖에 없는지 무릎을 '탁' 치며 깨닫는 경험을 했기 때문이다. 왜 저런 사람이 내 주변에 항상 있어서 나를 힘들게 하지? 하며 울고 싶다가도, 어째서 세상엔 또라이 보존의 법칙이 존재할 수밖에 없는지, 그럼 어떻게 해야 내 마음이 조금 편안해질지, 책은 친절하게 나를 설득한다. 그 또라이는 항상 거기 있어 왔고 앞으로도 변함없을 것은 괴로운 현실이지만, 어떤 문장들을 읽고 나면 내 마음이 그 또라이의 존재를 너그러이 허락한다. 몇십 분의 고요함만 있으면 나는 항상 활자들로부터 '그러려니—' 할 수 있는 여유를 선물 받는다. 분노의 감정들이 놀랍게도 어떠한 측은지심으로 변하는 일을 겪는 것이다. 못난 사람 앞에서 부들대는 대신 그 사람을 안타까워할 줄 알게 되고 나면, 돈 주고도 살 수 없는 승리감까지 만끽할 수 있다.

때론 책이 우리를 구원한다.
책은 전혀 그럴 의도가 없었다고 말할지도 모르지만,
우리는 책으로 구원받는다.
드물지만 그런 일이 일어난다.
귀하게도. 고맙게도.*

김민철, <모든 요일의 기록>, 북라이프

지금 내가 어이가 없는 건지 억울한 건지 헷갈릴 때 읽기 좋은 책

알베르 카뮈, 〈이방인〉

출근한 아침 댓바람부터 고함 소리로 혼났다. 어안이 벙벙했다. 누가 나한테 소리를 지른다는 것 자체가 내 인생엔 없던 시나리오였는데, 환자들 앞에서, 그리고 환자들의 보호자 앞에서 벌어진 일이었다. 사람들은 움직이는데, 나는 그 자리에 얼어붙었다. 나를 향해 질문 같은 것들이, 말 같지도 않은 것들이, 정신없는 것들이 쏟아졌는데 이유를 모르겠다. 그저 내가 무언가 잘못을 했구나라는 어렴풋한 추측만 남았다. 퍼즐을 거기다 끼워 보니 꼭 들어맞았다. 아차, 내가 하지 않았어야 할 무언가를 했나 보다 싶다.

그래, 나도 모르게 지은 '죄'가 있다는 점에서, 내가 이 구역의 이방인이다.

하고 싶은 걸 하고 사는 사람은 행복할까 궁금할 때 읽으면 좋을 책

서머싯 몸, 〈달과 6펜스〉

정신 수양을 위하여 자기가 싫어하는 일을 매일 두 가지씩 하는 게 좋다고 충고한 사람이 누구였던가? 어떤 현자의 말인데 누구였는지 생각이 안 난다. 나는 그 가르침을 아주 꼼꼼하게 따르고 있다. 날마다 아침에 잠자리에서 일어나고, 밤에는 잠자리에 드는 것이다.*

눈을 뜨면 출근을 하고, 출근을 하기 위해 눈을 감는다. 아아, 나는 왜 돈을 벌까, 돈 쓸 시간도 없는데. 정신 수양을 하기에 딱 좋은 것이 바로 사회생활인가 싶기도 하고.

서머싯 몸, <달과 6펜스>, 민음사

자택 격리 10일 차, 문득 coccyx를 만져 봤다

언제쯤이면 끝나려나 했던 시간도 성실하게 지나갔다. 자택에 격리된 지도 10여 일이 지나고 있었다. 갑작스럽게 주어진 이 휴식 시간에 어리둥절해하면서도 좋은 게 좋은 건가라는 뻔뻔한 생각도 들어 헛웃음이 났다. '쉰다'는 나의 착각은 얼마 가지 못했다. 내가 아무것도 할 수 없다는 무력감이 세상에서 가장 괴롭다는 사실을 알 수 있었기 때문이다. 조금만 더 착각이 지속되길, 그리고 그토록 바랐던 꿈만 같은 '방콕'을 실컷 즐기겠다는 작심으로, 평소 우선순위 끝자락에 있던 일들을 하기 시작했다.

1. 화장실 청소, clear. 2. 냉장고 청소, clear. 그리고 3. 혼자와의 대화가 남았다. '어떻게 살 것인가?'라는 대주제로. 아니나 다를까 매일 밤 이루어진 혼자와의 대화의 결론은 늘 '노답'이었다. 스스로 멍청한 질문을 하고, 이어 멍청한 대답을 했다. 돈가스집을 해 볼까? 아니, 맥주를 팔고 싶다. 아아니, 감성 넘치게 꾸민 소소한 식당이 괜찮을 것 같기도. 새벽에 일어나 양배추를 썰고 영업 준비를 하겠지? 노래를 들으면서 하는 노동이란 어떤 느낌일까. 혼자서 일한다는 것은 어떤 느낌일지 궁금해졌다. 아무 말 안 할 거야. 딱 두

마디, "어서 오세요. 맛있게 드세요." 하고 사람 좋은 척 미소나 머금고 있어야지. 어떠한 질문도 오지않도, 아는 척도 없이 그냥 그들이 요구한 맛있는 식사를 대접하고, 내가 매긴 가격의 돈을 받는 정직한 노동과 딱 그 정도의 보람을 얻고 싶었다. '살려야 한다' 혹은 '실수하지 말아야 한다'에 걸린 책임감, 내가 짊어져야 해서 짊어지긴 했지만, 늘 감당하기 힘든 무게였다. 나 스스로를 태우는 긴박함 또한 비슷한 무게였다. 소소한 식당에선 좀 짜거나 좀 달아도, 최선을 다하고도 쌍욕을 먹는 일 따위는 없겠지 생각하며 꿈을 부풀렸다. 그래, 중3 때 내 꿈은 빵집 사장님이었다니까. 생일 케이크를 사 가는 사람들 저마다의 행복한 표정을 매일 볼 수 있을 테니까, 하는 망상에 다다를 때쯤이면 이미 취침 시간을 훌쩍 넘긴 새벽이었다. 그러니까 머릿속에서는 나는 이미 수십 개의 가게 문을 열었다가 문을 닫고, 수십 개의 회사에 입사하고 퇴사도 했다. 그렇게 멍청한 하루를 보낼 뿐이었다. 혼자선 어떻게 살아야 하는지 답을 찾을 수가 없었다. 다시, 책장에 꽂힌 책을 꺼냈다.

메르스가 활개를 치면서 병원 밖에선 바이러스가 화두라고 떠들었지만, 병원 안에선 '책임감'이 화두였다. 메르스 의심 증상으로 내원한 환자를 두려움 없이(아니, 없을 수는 없고 없는 척) 간호하는 날, 어제 함께 일했던 동료 간호사가 오늘은 고열에 시달리는 것을 지켜보는 날, 그런 날들이 지속됐다. '감염의 위험성'이라는 망망대해에서 침몰하는 배의 선장이 되지 않으려고 노력했다. 간호사로서의 사명감 같은 진지한 무언가가 절실한 하루하루였다. 그런 거라도 붙잡아야 뒤꽁무니 빼는 비겁한 사람이 되지 않을 것 같아서. 난 그렇게 대단한 일을 한다거나 이 꽉 물고 일할 생각이 없는데, 그래야만 하는 상황에 자꾸만 맞닥뜨려지고 있었다.

일개 간호사가 느끼는 책임감이 이러했으니 선임 간호사 선생님들과 부서장들은 어땠을지 상상이 잘 가지 않는다. 부서 내 공기가 무거워졌다. 늘 시끌벅적했던 응급실이, '너무' 시끌벅적한 것이 문제인 이곳이, 생기를 잃은 것 같았다. 무겁고 뜨거운 여름이었다.

기요메의 진가는 거기에 있는 것이 아니었다. 그건 무엇보다도 스스로 책임감을 느낀다는 것이었다. 그 자신에 대한 책임감, 우편기에 대한 책임감, 그리고 그를 기다리는 동료들에게 대한 책임감, 그게 바로 기요메의 대단함이다.*

부동자세로 책을 읽다가 책의 마지막 장이 넘어갔다. 그래, 뜨겁고 힘들었지만 값진 여름이었다. 그렇게 생각할 수밖에. 아, 찌뿌둥한 게 느껴져서 문득 coccyx(꼬리뼈)에 욕창이 생기진 않았는지 만져 보았다. 이내 안도했지만, 난 항상 이런 식의 결론이구나 싶어

생텍쥐페리, <인간의 대지>, 펭귄클래식코리아

순간 짜증이 솟구쳤다. 늘 안도하는 것으로 내 삶을 자위하고 있다
는 것을 알아챈 것이었다. 생각보다 툭, 결론이 내려졌다. 덜컥, 그
만하고 싶다는 생각이 들었다. 그런 식이었다. 또, 책을 읽다 일어
난 일이었다.

마지막엔 항상 처음을 떠올리듯

    3월 그리고 4월. 교대 근무가 영 힘들어 나이트 킵 근무를 신청했다. 깨어 있는 동안 조금 씩씩하게 그리고 활기차게 잘 살고 싶었는데, 쉬는 날조차 잠만 잤다(어휴, 평생을 산송장으로 살아라). 수면 주기로 고민할 때마다 항상 느끼는 것이지만, 간호사로 오래 일했다는 것이 교대 근무에 적응했다는 의미는 아니다. 어젯밤을 꼬박 새웠다고 오늘 밤이 수월하게 새워지는 않는 것처럼. 4년이 넘는 시간 동안 성실하게 반복 학습한 것은, 눈을 뜨고 눈을 감는 일은 '나의 의지가 아니다.'라는 사실. 사람들은 나이트 근무가 밤을 새우는 것이니까 제일 힘들다고 생각하겠지만, 아니? 나이트 근무의 스트레스는 근무가 끝나고도 그치지 않는다. 사람들은 실컷 씩씩하고 활기찬 일상을 살아가고 있는데, 나만 이렇게 골골대고 있다는 생각으로 외롭기까지. 데이 출근을 앞두고 오지 않는 잠을 기다리며 질끈 눈을 감고 누워 있는 내 모습이 참으로 처량할 때도 있었다. 처량해도 어쩌겠어? 내가 선택한 일인데, 끝날 때까지 열심히 해 보는 거지. 내일은 오늘보다 나을 거야, 라는 세뇌를 양 한 마리 양 두 마리 세기보다 더 자주 했다.

나이트 근무만 하다 보니 잠들기를 기다리는 날들은 눈에 띄게 줄었다. 3월 그리고 4월, 이번 봄을 보내면서, 동기가 퇴사를 하고, 신규 여럿이 들어왔다. 꾸벅억 하는 소리가 들릴 정도로 허리를 굽혀 인사하는 신규 선생님들을 보면 여러 생각이 든다. 쓸데 없는 한마디를 해도 받아 적으려는 신규를 보고, 나는 또 아는 척을 해 대며 꼰대 티를 낼 뻔했다. 아무도 묻지 않겠지만 누군가 응급실 간호사에게 가장 필요한 자질을 묻는다면, 나는 아마 "빠르고 정확한 판단력과 실행력"이라고 신나게 떠들 것이다. 아마도 나는 선배 간호사들의 그런 모습에 반해 응급실에 지원했던 것 같다. 이 업무 자체가 빠르고 정확해야 한다는, 양립하기 힘든 두 가지 능력을 요구한다. 결국 우리에게는 그런 능력을 가진 간호사가 필요한 것이다. 의료진들이 자주 코너에 몰린 듯한 경험을 하는 것도 이 때문이다.

단순히 노동 강도만 높은 게 아니라
사람을 계속해서 강한 도덕적 긴장 상태로 몰아넣는다.*

다양한 경험 없이는, 그리고 선배들의 경험담과 체계적인 교육 없이는 우리는 새로운 응급상황 앞에 무너질 수밖에 없다.

장강명, <5년 만에 신혼여행>, 한겨레출판

나이트 근무를 하다 보니 아침이 시작이고 밤이 끝인지, 밤이 시작이고 아침이 끝인지 알 길이 없다. 어쩌면 그냥 시작도 끝도 없이, 흘러가나 보다. 늘 그렇게 흘러간다. 5년 차 간호사가, 10년 차 간호사가 퇴사를 해도 놀랍도록 병원은 잘만 굴러가고, 신규가 많아도 자알, 굴러간다.

누군가의 끝은 누군가의 시작이 되듯이….

힘을 내자.

그치지 않는 비는 없다.

212129에 대하여

—익명, '겁쟁이가 용기를 낼 때'

시인인 에드나 세인트 빈센트 밀레이는 "책을 출간하는 사람은 마음먹고 팬티를 내린 채 대중 앞에 나서는 것과 같다."라는 말을 한 적이 있다는데, 책을 만들면서 내가 했던 생각과 꼭 같았다. '나'를 아는 사람들이 내 글을 읽는다는 생각을 하면, "그걸 아는 사람이 그래?" 하는 질문을 들을 것 같았고, '나'를 모르는 사람들이 내 글을 읽는다는 생각을 하면, "그걸 누가 몰라서 그래?" 하는 대답이 돌아올 것 같았다. 나만 읽던 글들을 세상에 내어놓고 나니, 여전히 간호사에 대한 책 이야기만 나오면 혼자 있어도 얼굴이 화끈거린다.

모든 작가들이 나 같은 짓을 하는지는 모르겠지만, 나는 이따금씩 내가 공개적으로 떠든 글을 다시, 또 다시 읽는다. 글 '읽기'를 좋아하던 내가 '쓰기' 단계에 돌입하는 것은 여러 의미로 위험한 일이기도 한데, 첫째로 좋은(매력적인) 글은 좋은(매력적인) 사람에게서 나온다고 믿고 있었기 때문이고, 둘째로는 간호사에 대한 글을 쓸 만큼 내가 가진 간호사로서의 세계관이 바람직한가에 대한 자기 확신이 없어서이기도 하거니와, 셋째(가장 치명적인 이유)로는 어떤 이유에서건 나는 다른 간호사의 삶을 대변할 수 없기 때문이다. 그

중 세 번째 이유야말로 '일개 간호사'인 나로 하여금 이 책의 뒤로 숨게 만든다. 뿐만 아니라 잘 알려져 있듯 간호사는 병원 외 학교, 일반 기업, 항공사, 공공기관에서도 일하고 있다. 간호사 업무를 임상으로 국한하더라도 근무 부서에 따라 담당 업무와 그로 인해 느끼는 감정은 천차만별일 것이다. 여기에 적힌 모든 글들은 한 간호사의 개인적인 단상이다. 그러므로 어떤 집단을 대표할 수도 없고 하고 싶지도 않음을 분명히 하고자, 필자의 본명 또는 병원명 등 불필요한 정보는 밝히지 않았다.

또한 병원 이름 같은 피상적인 이미지나 병원의 규모가 이 책에서는 더욱이 중요치 않았다. 그보다 이 글쓰기는, 간호사라는 직업에 대해 일반인들과 실제 간호사들이 느끼는 온도 차를 줄이고자 시작됐을 뿐이다. 흩어진 낱장의 글들을 굳이 한 권의 책으로 엮은 이유이다. 조금 더 많은 사람들이 '직업으로서의 간호사'를 어렴풋이나마 간접 경험해 보았으면 좋겠다. 그래서 병원에서 소리를 지르는 환자가 한 명이라도 줄어든다면 나는 물개 박수를 칠 준비가 되어 있고, 간호 학생들이 임상 간호사가 되고 나서 '현타'라는 감정을 겪는 일이 조금이나마 줄어든다면 나는 탭 댄스를 출 자신이 있다.

퇴사를 하고 말이 많아진 건 사실이지만, 이만큼 자기 변호를 잘할 수 있게 되었다는 점에서는 경이로울 지경이다. 결국 하고 싶은 말이란, '겁이 많은 내가 용기를 냈다'는 것이다. 간호사로 산다는 것은 생각만큼 녹록지 않다는 것을 이야기하고자 했다. 하지만 어째 겁이 나는 건 부정할 수가 없다. 이렇게 쉽게 떠드는 나보다 더 유능하고 더 책임감 있으며 더 이상적인 간호사들이 임상에 많다는 것을 잘 알기 때문일 것이다. 자칫 그 무리에서 나왔다는 이유로 나의 메시지가 오독될 수도 있다는 사실이 두렵다. 부디 이 책을 읽는 사람들이, 오늘도 묵묵하게 환자 곁을 지키는 간호사들의 진정성을 평가 절하하지 않기를 바란다.

*212129는 12년도에 입사해서 퇴사할 때까지 사용한 사번이다.

퇴사하고 뭐 해?

– 한국 간호사회가 싫어서

실은 2월 말에 미국으로 나가는 선생님께 며칠 전에 전화가 왔어. 둘이 꽤 많은 이야기를 나눴지만, 선생님이 말하고 내가 동의한 문장은 결국 "마음 준비는 끝까지 되지 않더라."더라. 봐야 할 시험들도 치르고 준비해야 할 서류들도 다 준비하고 나니, 정작 마음의 준비는 되지 않았다는 걸 알게 된 거야. 너도 알지, 미국 간호사가 되기 위해서 필요한 영주권 취득에는 최대 2년까지 걸려. 나는 2015년 여름에 에이전시랑 계약했지. 메르스 때문에 격리당하고, 격리 기간이 끝나자마자 뛰쳐나왔던 게 화근이었어. 그게 시작이었지. 그렇게 1년 6개월 동안 서류 진행하고 퇴사하고 영어랑 씨름하면서 막 뛰어왔는데, 덜컥 결승선을 넘으려니 이런 생각이 든다니까. 아, 내가 여길 그토록 벗어나고 싶었나?

요즘 누굴 만날 때마다 소위 꿈을 이뤘네, 부럽네 하는 소리도 들어, 막 아니라고 손사래를 치는데, 내가 겸손해서가 아니야. 구구절절 설명하자면 이야기가 길어져서 말은 안 하지. 그런데 그거, 나 정말 들뜨지가 않아서야. 간호사로 산다는 것, 응급실에서 근무를 한다는 것. 고되긴 했어도 내가 했던 그 두 가지 결정에 대해서 크게 후회해 본 적은 없어. 좋아하는 일을 잘하고 싶은 것은 나만의 욕심이 아니라고 생각했고, 다들 열심히 사는데 뭐, 이 직업만 유독 고생스럽다고 유난 떨고 싶지도 않았어.

그랬던 난데, 이제 대사관 인터뷰를 앞두고 정말로 가고 싶은지, 왜 그렇게 가고 싶었는지 스스로에게 물으면, 어쩐지 '살아남지 못한 거 아닌가?'라는 억울한 생각이 들어. 웃기지, 박차고 나온 게 누군데, 닭발과 곱창이 그리우면 어쩌나 겁이 나서 짐을 못 싸겠다고 하는 꼴 말이야. 아니, 너도 생각을 해 봐. 나이가 들고도 엄마가 해 줬던 찌개가 생각나는 건 진짜 그 찌개가 세상에서 제일 맛있어서가 아니잖아, 그냥 애틋한 마음이 담겨 있기 때문이지. 이브닝 끝나고 동기들이랑 뻔질나게 드나든 병원 앞 양꼬치집 있잖아. 낮에 가 봤어? 되게 맛없다? 양꼬치집 주인도 모를 거야, 맛의 비밀은 양념 가루에 있는 게 아니더라고. 거긴 밤에 같이 병원 욕할 동기들이랑 가야 제맛이 나더라니까. 그런 식이야. 맛있는 것도, 예쁘고 좋은 카페들도 다, 내가 좋아하는 사람들이랑 함께였기 때문에 좋았다는 사실을 이제서야 안 거야.

내 사람들 곁을 떠나야 한다는 사실만 생각하면, 내 인내심을 테스트하던 것들에 대해 분한 마음이 들기도 해. 그게 사람들의 무례

함인지, 뼛속까지 권위주의적인 상사들이었는지, 치열함을 미덕으로 여기는 이 사회 문화였는지는 모르겠어. 도통 뭣 때문인지를 모르겠어서 화를 낼 수도 없어. 그냥 내가 아는 건 더 이상 그 자리로 돌아가고 싶지 않다는 것뿐이야. 무례한 폭언과 난동을 더 이상 견디고 싶지가 않았고, 게으른 윗 연차와 근무를 하기도 싫었고 (실은 인내심 테스트를 여러 차례 당하다 보면 내 기분을 수준급으로 감출 수 있는 능력을 발견하게 되는데, 점점 위선적으로 변하는 내 자신이 견딜 수가 없었던 거지), 뭐라도 계속 하지 않으면 연차만 먼지같이 쌓인, 그런 선배가 될 것 같다는 이 불안도 지겨워지고 있었어.

러닝머신 위를 뛰고 있는 느낌이었던 것 같아. 옆 사람들이 열심히 뛰니까 그냥 나도 뛴 거야. 대개 비슷한 속도였고, 나만 가파른 언덕길을 가고 있는 게 아니었어. 열심히 달리다가, 언제부턴가 어쩐지 그만하고 싶은 생각이 들더라. 뛰고 또 뛰어도 제자리인 느낌, 한강 둔치에서 뛰면 종종 시원한 바람이라도 맞을 수 있을 텐데 어쩐지 이곳에선 버텨 봤자 내내 같은 풍경만 보겠구나 싶더라고. 앞으로가 기대되지 않는 게 정말 별로였지.

사람은 가진 게 없어도 행복해질 수 있어.
하지만 미래를 두려워하면서 행복해질 순 없어.
나는 두려워하면서 살고 싶지 않아.*

하고 싶은 일을 하며, 만나고 싶은 사람을 만나고, 먹고 싶은 것을 먹는 게 그리 욕심이 되는 건가 싶어서 나는 지금 사실 좀 서운해. 떠나는 이유가 '한국이 싫어서'라고 말하기엔 여전히 내가 좋아하는 것들이 많고, 그냥 좀 서운하다고.

타지에서 몸 고생, 맘 고생하는 책 주인공을 보면 한국에서 사는 거나 미국에서 사는 거나 똑같이 힘든 것 아니겠나 하는 생각도 들지. 그런데 나는 알 것 같아.

계나가 호주에서 들은 'Have a nice day'의 여운을 말이야. 이민 준비하는 사람들이 다 그렇더라고. 별로 바라는 건 없어. 그냥 A nice day를 보내고 싶은 마음, 그거 하나면 되는 거야.

장강명, <한국이 싫어서>, 민음사
필자는 2017년 6월 미국으로 출국했다.

신경 쓰지 마, 너는 잘하고 있어

—여기 아가씨는 없어요. 간호사라고 불러 주세요.

곧 회식이 있다고 했다. 퇴사하고 가을 방학, 겨울 방학을 차례로 보내고 계약직 간호사 일을 시작한 지 얼마 되지 않았을 때의 일이었다. 일은 수월했다. 분명히 나는 퇴사 전후로 뭐 하나 달라진 게 없이 여전히 간호사였고, 부서만 바꾸었을 뿐인데 말이다. 어쨌든 교대 근무직에서 상근직으로의 변화는 삶의 질을 충분히 상승시켰고, 정규직에서 계약직으로의 변화는 숨통을 트여 주는 것 같았다.

회식이라는 단어가 주는 무료함은 몇 년간 변함이 없었다. 하고 싶은 말을 하지도, 듣고 싶은 말을 듣지도 못하는 자리, 크게 불쾌하지도 않지만 크게 재밌지도 않은 시간이었다. 그 시간들에 오프라는 이유로 참석이 결정되는 일이 반복되면, '회식에 대한 경험적 정의: 무료함'이라는 사실을 알게 되기 마련이었다. 누군가는 무료함이 행복한 사람들이 불평할 게 없어 겨우 찾아낸 감정이라고 할지도 모르겠다. 아마도 짜증과 분노와 같은 감정들에 비하면 시시한 것처럼 보이기 때문이겠지만, 나는 결코 동의할 수가 없다.

'영혼 없는 삶'을 살아 본 사람들은 알 것이다. 원인도, 온셋(질병이 시작된 시점)도 모른 채 일을 하러 왔다가 일을 하고 돌아가는 무료함, 나이는 먹고 돈은 버는데 난 그저 어제와 같은 곳에 가서 같은 일을 반복하다 간다는 사실을 깨달을 때의 그 헛헛함은, 다른 어떤 감정의 폭발보다 명백히 치명적이라는 것을. 그러나 영혼이 없는 건지 의미가 없는 건지 모를 이런 일상에서 나는 이따금씩, "아, 나 왜 사냐?"와 같은 질문에게 어깨빵을 당하고 있었던 것이다.

언제부터였을까. 내 삶은 반복적이고 끊임없는 노동으로 낡아져만 갔다. 정맥 주사를 놓는 일이나 심폐 소생술을 하는 일이 크게 달라 보이지 않게 된 것은, 정해진 할 말을 하고 정해진 알고리즘을 따르면 되는 똑같은 반복적 노동에 불과하다는 생각을 하기 시작한 이후부터였다. 나의 무료함은 단지 육체적 피로감 때문만은 아니었다. 환자들의 폭언, 난동과 '저평가'로 얻는 정신적 피로감이야말로 가장 큰 원인이었다. 그들에게서 얻는 긴장감과 모욕감은 대체적으로 직업적 회의감으로 이어졌다. 이 일에 정나미가 떨어지지 않기 위해서는 직장에선 '영혼' 따위 곁들이지 않는 편이 현명한 처사였다.

이를테면 심전도 촬영을 위해 조심스레 환자의 앞단추를 열 때 말이다. 남자 환자가 씨익 웃어 보이며, "어우, 젊은 아가씨가 막

옷을 벗기네."라고 한 적이 있다. 모든 동작을 멈추고 불쾌함을 전하는 3초간의 눈빛을 보낼까 말까 잠시 고민했다. 그 짧은 '잠시'의 동안에 내가 몹시 놀랐던 이유는, 이런 일이 흔치 않아 당혹스러웠기 때문은 아니었다. 간호사라는 명찰을 달고도 아가씨라고 불릴 때마다, "환자분, 이제부터는 간호사라고 불러 주세요."라는 말이 내게 준비되어 있었고, 이 상황의 빈번함이 드디어 짜증스러워지기 시작한 것이었다. 더욱이 가운을 입은 의사에게는 누구도 '아저씨'라고 부른 적이 없었으니까.

그럴 때마다 "나는 젊어서 환자 당신보다 세상사는 모를 수 있고, 당신이 나를 신뢰하기 어려울 수는 있겠지만, 나는 환자의 건강 상태를 돌볼 기술을 가지고 있고 질병과 간호에 대한 지식이 있는 전문가이므로, 나를 믿고 내 간호에 적극적으로 협력해 주십시오."라는 문장이 목구멍까지 올라오지만 이내 또 참고 만다. 나 하나 참고 나면 세상은 불만이 없는 것 같기 때문이다.

하루하루 병원에서 일어나는 일에 무뎌져 갔다. 체감상 손에 꼽듯 돌아오는 오프에는 어김없이 깎아내려진 내 가치에 대한 보상 심리가 솟구쳤다. 쇼핑, 마사지, 먹방 등 다방면으로 해결하려 해 봤지만 항상 약발은 오래가지 못했다. 병원 근처에만 오면 나는 다시 영혼 없는 기계가 됐고, 유니폼 안에 나를 구겨 넣고 정해진 말을 하거나 정해진 규칙에 따라 움직였다. 노동이란 것 자체가 인간성을 잃고 생산성을 만들어 내야 하는 일이었기 때문이었음을, 내가 알 리가 없었다. 내 자신이 무기력해져 가는 만큼 내 삶은 끝없이 무료함의 바다로 떠내려가기 시작했다. 그런 기분으로 병원 사람들과 먹는 고기와 술은, '예상이 가는 맛', 딱 그런 맛이었다. 계약직 간호사로서 처음 참석하는 회식에서조차 나는 들뜬 마음 하나 없었다. 또 맛있지도 맛없지도 않은, 그저 그런 맛의 고기나 먹겠거니 싶었다. 그때 누군가 말했다.

"사람을 사회적 동물이라 하지만, 사람들이 쉽게 모이진 않거든요. 지킬 만한 가치나 생각이 있어야만 모이는 존재들이란 말이에요. 그런 의미에서, 여기 이렇게 모인 우리 또한 무언가를 지키고 있다는 것이겠지요."

소주 두어 잔을 넘기고 방심한 채 이야기를 들어서인지 취기가 화악 올라왔다. 보이지 않지만 내가 찾고 있던 것, 내가 듣고 싶었던 이야기가 뜬금없이 귓구멍에 박혀 정신이 번쩍 들었다. 숱한 저평가를 견디다 못해 결국 절을 떠난 중이었던 내게, 찬물을 끼얹는 느낌이 들었다.

"간호사가 뭐 대단한 일이라도 하느냐?"라고, "아가씨, 빨리빨리 약이나 놔 봐."라고 호되게 저평가질을 당하다 보면 나도 모르게 "그래, 맨날 똑같은 일이나 하고, 간호사 별거 없지."라는 자기비하에 사로잡힐 때가 있다. 내가 생각해 온 '나'와 사회에서 바라보는 '간호사'의 간극을 피부로 느끼고 그들의 생각에 동화되는 것이다.

그럴 때 "신경 쓰지 마, 너는 잘하고 있다니까? 세상이 알아주지 않는 것일 뿐 아닐까?" 같은 합리적인 의심을 해 주는 사람들이 곁에 더 많아진다면 좋겠다. 그리고 나처럼 잠시 매너리즘에 빠진 채로 업무에 임하던 간호사들에게 우리가 하고 있는 이 일이 무의미하진 않다고 말해 주고 싶다. 다시 한번 모두가 힘을 낼 수 있도록.

그날 고기는 유독 맛있었고, 그날 이후 나는 세상이 조금 더 살만하게 느껴졌다.

같은 바이러스, 같은 노동, 다른 대우

−세상이 간호사를 대하는 방식

올해 봄으로 이 병원에서 일한 지도 2년이 되어 간다. 코로나 바이러스가 기승을 부리면서 뉴욕시가 "자택 대피(Shelter in place)" 명령을 내렸고, 먹고사는 데 필수적인 외출 말고는 집 밖으로 나가지 못했다. 병원 출근이나 장을 보러 가는 것 외에 별다른 외출 없이도 달력은 곧잘 넘어가고 있었다. 긴 겨울이 끝날 만도 한데 날씨는 여전히 차다.

유난히 늦장을 부리는 듯한 올해 뉴욕의 봄을 생각하며 걷고 있었다. 미국에선 스크럽을 입고 출퇴근을 하다 보니 본의 아니게 "내가 이 구역의 간호사요"라고 떠드는 듯했다. 스크럽을 입은 채 스타벅스에 들어가 커피를 사는 일이나, 퇴근길 길거리 과일 트럭 아저씨에게 오렌지를 사는 일에도 괜히 머쓱하곤 했었다. 아무도 신경 쓰지 않는다는 걸 알면서도 말이다. 나이트 스케줄(7pm−7am)인 날에는 출근 시간까지 5분을 남기고도 커피 한 잔을 사수하겠다고 종종 걸음으로 달리는 날도 잦았다. 내 자신을 위해 아침마다 건강한 그린 스무디 같은 걸 챙겨 먹진 못하지만, 천근만근 무거운 나이트 근무 간호사의 몸에 적어도 커피 한 잔은 책임지고 넣는 게 가장 중요한 루틴이 된 것이다. 그렇게 스크럽을 입은 채, 출근 전후로 이곳 저곳을 휘젓고 다녔다.

4월이 되자, 뉴욕 길거리의 사람들 모두 마스크를 쓰고 있었다. 집 밖을 나서는 사람은 출근하는 나, 장을 보러 가는 사람, 장을 보고 돌아가는 사람, 그리고 강아지 산책을 해야 하는 주민들뿐이었다. 코로나 시대의 출퇴근길은 이전과 사뭇 달랐다. 종종 지나가는 사람들에게 "고맙습니다(Thank you!)", "건강 잘 챙기세요(Take care of yourself, honey)" 같은 말을 건네 받았다. 마스크 너머로 온화한 눈웃음도 부쩍 자주 받는다.

요즘 저녁 일곱 시의 뉴욕은 박수와 환호 소리로 가득 차 있다. 뉴요커들이 의료진들을 응원하고 감사의 마음을 표하기 위해 "#ClapBecauseWeCare"라는 해시태그를 만든 게 트렌드가 되면서부터이다. 박수와 휘파람 소리가 간호사들이 교대하는 일곱 시마다 곳곳에 울려 퍼진다. 쉬는 날, 침대에 누워서 박수 소리를 듣다가 그게 뭐라고 힘이 좀 나는 것 같아 스스로 의아하기도 했다. 이내 매일 저녁 일곱 시가 기다려졌다. 스크럽을 입고 출근을 하다가 지팡이를 짚고 걷던 어르신 한 분이 내 앞에 멈추어 서서 무언의 박수 갈채를 보낸 적도 있었다.

하루는 근무 도중 책임 간호사(Charge Nurses)에게 메시지가 왔다. "뉴욕 소방 구조대원들이 특별한 걸 준비했대. 응급실 문 앞으로 나와 봐." 나가 봤더니 저녁 일곱 시에 맞춰 소방대원들이 의료진을 응원하기 위해 나타난 것이었다. 불길 속으로 곧장 뛰어 들어갈 것처럼 무거워 보이는 소방 헬멧과 큰 재킷, 그리고 장화와 장갑까지. 그들은 보호 장구를 완벽하게 착용한 채 박수를 보내고 있었다. 병원 의료진들이 마스크, 안구 보호대(Eye shield), 비닐 가운을 갑갑하게 쓰고 바이러스와 싸우고 있는 것을, 그들만의 방식으로 공감하고 응원한 것이었다. 맨해튼 한복판에서 소방 사다리차와 소방차들이 사이렌을 울리며 빵빵대니 병원 주변 아파트 주민들도 창문으로 고개를 내밀고 다 함께 박수를 쳤다. 과분한 관심과 응원을 받는 것 같았다. 그 앞에서 동료들과 서로를 토닥이다가 울컥했다.

언론에서는 보호 장구가 턱없이 부족한 이곳에서 감염 위험을 무릅쓰고 환자들을 돌보는 의료진을 '영웅'이라고 부르며 칭송하고 있다. 마스크에 짓눌린 의료진의 얼굴이 나온 사진들을 미디어에서 흔히 볼 수 있게 됐고, 우리의 어려움은 무엇인지, 어떤 마음가짐으로 일하고 있는지 등에 대한 인터뷰 기사들도 쏟아졌다.

나는 본의 아니게 한국에서는 메르스(MERS, Middle East Respiratory Syndrome)를, 미국에서는 코로나를 겪은 간호사가 됐다. 이 박수를 감사하게만 받을 수 있다면 좋으련만 내 마음엔 종종 먹구름이 꼈다. 팬데믹 전에도 그리고 지금도, 왜 나는 같은 일을 하면서 미국에서 더 존중받는 느낌을 받을까? 라는 질문이 머릿속에서 고개를 들이밀기 때문일 것이다. 달리 말한다면 이렇다. 한국에선 왜 아직도 대구 의료진들의 수당 지급이 늦어지는 일이 벌어지는 걸까? 어떻게 의료진들이 부당 대우를 폭로하는 일들이 아직도 일어나고 있을까? 한편으로는 이런 기사들을 볼 수 있어서 다행이라는 생각도 들었다. 예전보다 간호사의 처우를 개선해야 한다는 목소리와 그 필요성에 대해 사람들이 관심을 갖기 시작한 것도 좋은 소식이다. 그러나 더 많은 사람들이 '직업으로서의 간호사'를 당연하게, 자연스럽게 받아들일 필요가 있다. 간호사가 환자를 돌보려면 간호사가 업무에 임하는 동안 물을 충분히 마실 수 있어야 하고, 화장실도 갈 수 있어야 하고, 쉬는 날엔 잠을 제대로 잘 수 있어야 한다. 그런 노동 환경과 제도가 갖추어져야 한다는 것을 알아 줬으면 하는 바람이다. 뉴욕 시민들이 하듯 '의료진 영웅'으로 대우해 주길 바라는 것이 아니다. 간호사도 '사람'이라는 것을 잊지 말았으면 좋겠다. 간호사는 환자를 돌보며 뛰어다니는 육체적 업무뿐만 아니라 난동과 폭언을 일삼는 환자들에게 시달리는 감정 노동을 필수적으로 견디는 '노동자'이다. 적절한 보상과 휴식으로 대우받아야 할 '직업으로서의 간호사'를 사람들이 잊지 않았으면 좋겠다.

의료 시스템의 최전방인 응급실은 곧잘, 사회와 함께 앓는다

3월 말의 뉴욕은 그야말로 전시 상황이었다. 전쟁을 겪지 않고서도 감히 전시 상황이 어떤 건지 이제 나는 말할 수 있다. 하루는 병원 전체에 생소한 알람이 울려 퍼졌다. 익숙한 화재 경보음도 아니었고, 시설 고장 알림음도 아니었다. 무슨 문제인지는 모르겠지만 무언가 단단히 잘못되었다는 것이 느껴지는 묵직한 굉음이었다. 하도 시끄러워 옆에 있는 동료에게도 소리를 치듯 말을 건네며 업무를 이어갔다. 책임 간호사가 수소문 끝에 알아낸 내용은 병원 전체 산소 사용량이 너무 많다는 것이었다. 부서 내에서 확보해 둔 이송용 산소통을 찾는 것도 힘들었다. 응급실에서 중환자실이나 병실로 환자를 이송할 때마다 산소통을 찾아다녔다. 평소엔 상상하지도 못했던 일들로 환자를 돌보는 업무의 흐름이 툭툭 끊기곤 했다. 늘상 하던 업무들이 요즘 따라 왜 이렇게 버겁게 느껴지는 건지 의아했다. 쉬는 시간에 겨우 마스크를 벗고 한숨을 돌릴 때가 되자 그제야 산소 부족 알람이 울렸다는 사실과 함께 병원 산소에 의지하는 환자가 너무 많다는 사실이 머릿속에서 자석같이 탁 이어졌다. 그날 휴게실에 앉아, 메모장을 열었다.

‐현재 시각 오후 8시, 맨해튼 응급실. 오늘 응급실에서 9명의 Covid 19 의심환자를 기관삽관(intubation)했다. 일반 내과, 소아과 병동을 코로나 병동으로 바꾼다는 계획을 듣긴 했었는데, 한두 층이 아닌 거의 병원 전체가 인공호흡기나 고유량산소호흡기(HFNC, High Flow Nasal Cannula)를 받는 중환자실 또는 준중환자실이 되어 가고 있다. 인공호흡기에 생존을 의존한 중환자 70명이 한꺼번에 입원해 있다. 03/24/20

그 숫자는 출근할 때마다 가파른 폭으로 올라갔다. 일주일이 지났을 때에는 150명이 넘는 환자가 집계됐다. 고유량산소호흡기나 일반산소마스크 등에 의지하는 환자들을 제외한, 오직 인공호흡기에만 의지하는 중환자의 수였다. 코로나 확진자일지라도 산소 치료가 필요하지 않은 환자들은 입원조차 받지 않았다. 곧 코로나 환자 수가 병원의 수용 능력을 초월해, 의료 시스템이 마비되는 시기를 앞두고 있었기 때문이었다. 병원 침대, 인공호흡기 등 우리가 가진 제한된 자원을 '더' 상태가 심각하고, '더' 살 만한 가능성이 있는 환자에게 사용해야 하는 시기를 대비하고 있었다. 고열 몸살, 구토 증세를 보이는 환자들에게 "집에서 격리하고 물을 충분히 마시세요. 충분히 쉬시고, 증상이 악화될 땐 응급실로 다시 오세요"라고 말했다. 교과서에 적힌 듯한 뻔한 말을 반복하며 환자들을 집으로 돌려보낼 때 무력감과 날숨이 마스크 안에서 얼굴을 후끈하게 했다. 그동안에도 산소 사용량 경보 알람은 더 날카롭고, 길게 울렸다.

그나마 맨해튼 도심 속 대형 병원인 우리 응급실은 사정이 나은 편이었다. 한국 뉴스에서도 줄곧 보도되었듯, 도심에서 조금 벗어난 브롱스, 퀸스, 브루클린 구석구석에 위치한 병원이나 공립 병원들은 몰려오는 환자들을 감당하느라 비명조차 지르지 못한 것 같았다. 몇몇 병원 앞에 환자들이 2미터 거리를 유지하며 끝없이 줄 서 있는 모습이 뉴스에 매일같이 보도되었다. 또, 의료진을 보호할 개인 보호 장비가 넉넉지 않아 엊그제 사용했던 마스크를 오늘 재사용하거나, 전신을 덮을 수 있는 가운 대신 쓰레기 비닐 봉투를 입은 간호사들의 사진이 화제가 되기도 했다. 안전을 보장받지 못하는 곳에서 일할 수 없다며 병원을 그만둔 간호사도 있었고, 묵묵히 일을 하다 코로나를 진단받고 사망한 간호사의 이야기도 보도됐다. 응급실 병상과 입원 병상이 미어터지는 것은 물론이거니와 사망자 수가 급격하게 늘어나면서 영안실도 턱없이 부족해졌다. 각 병원 뒤편에는 영안실을 대체할 냉동 창고 트럭들이 줄을 지어 서 있었다. 고개를 돌리려 해도 한 번씩 시선을 잡아당기고 마는 거대한 트럭들은 출퇴근길마다 의료진의 발걸음과 마음을 무겁게 했다.

시스템의 최전방인 응급실은 대개 그 지역 사회 문제를 고스란히 반영한다. 감염병이 만연할 때, 응급실은 어김없이 사회와 함께 앓는다. 매 근무마다 이 바이러스는 새로운 국면에 진입하고 있었다. 새로운 응급 환자가 또 응급실 문을 열고 들이닥쳤다. 코로나 감염자가 몰려 있는 병원에 오는 것이 두려워 아파도 집에서 견디다 치료 시기를 놓치고 그야말로 죽기 직전에 오는 환자들이었다. 의료 보험이 없어서 병원 가는 것이 두려운 사람들도 다수였다. 아픈 남편을 집에 두고 혼자 왔다던 사람이나, 룸메이트 모두 코로나 증상을 보이지만 혼자서 병원을 찾은 학생도 보험과 병원비 걱정뿐이었다. 병원 문턱이 낮으면서도 질 높은 의료 서비스를 보편적으로 받을 수 있는 한국에서 온 외국인 간호사가 겪는 문화 충격이었다. 미리 보험을 들어 놓지 않은 채로 코로나에 걸린 사람이 입원 치료를 할 경우 약 9천만 원(약 7천5백 달러)가량의 치료비를 내야 한다는 내용의 기사들도 쏟아졌다. 말 그대로 누군가에겐 의료 재난이었다. 감염병 또는 공중 보건 측면에서는 미국 의료 시스템이 전혀 준비되지 않았다는 소리였다. 시민들과 병원이 함께 앓고 있었다.

사람들은 집에서 견디고 견디다가, 결국 산소 포화도 수치가 50%, 60%로 떨어진 상태에 이르러서야 헛소리를 하며 실려 왔다. 응급실 입구에서 "어떻게 오셨어요?"라는 첫 질문에 "살려 주세요!"나 "도와주세요! 저희 엄마가 이상해요!"라는 다급한 대답이 돌아왔다. 환자는 축 늘어진 상태로 허공을 바라보곤 했다. 뜨거운 숨을 뱉어 내던 환자들은 산소 치료와 함께 정신이 돌아오고 나면 꼭 이런 말들을 했다. '집에 있으라(Stay home)' 하지 않았느냐고. 마스크 쓰라는 말 대신 아프면 집에 있으라고, 건강해도 집에 있고 아프면 더 집에 있으라 하지 않았느냐고. 그런 환자는 한두 명이 아니었다. 환자들의 증상이 경증에서 중증으로 넘어가는 그 경계는 마치 발을 잘못 디뎌 절벽으로 떨어지는 틈 같았다. 대부분의 경증 환자들이 쭉 괜찮았다가 자고 일어나니 호흡이 가빠져 있다든가 등으로 상태가 갑자기 안 좋아졌다. 집에선 산소 수치를 측정할 수 없으니 언제부터 산소 요구도가 증가했는지, 언제부터 중증이 됐는지 알 수 없었다. 정부, 언론, 의료진들의 말을 착실히 듣고 안 그래도 시스템 마비를 앞둔 의료 시스템에 또 다른 짐이 되지 않으려, 최대한 참을 때까지 참아 온 사람들이었다. 이곳의 거대한 의료 체계와 사보험 제도 등에 대해 꼬리에 꼬리를 물고 복잡한 생각이 들었다.

의료진도 환자가 되는 걱정을 한다

여느 때와 다름없는 데이번 근무 후 퇴근길이었다. 컴퓨터 앞에 서서 내 환자들을 나열하고, 할 일들을 떠올렸다가 우선순위에 따라 정리하고 실행에 옮기는 그런 호화로운 하루는 아니었다. 뒤돌아서면 새로운 환자가 오고, 또 돌아서면 새로운 약 처방이 나 있었다. 누가 이기나 하는 마음으로 끈질기게 두더지 머리를 두드려야만 끝나는 지루한 게임 같은 날들이었다. 그나마 정시에 퇴근만 하면 투덜댈 것은 없었다. 더할 나위 없이 만족스러운 하루의 필요충분조건, "오늘도 무사히". 그날은 정시 퇴근을 했다.

친구를 만나기 위해 새벽 출근 시간부터 마음에 드는 스커트를 입었던 날이었다. 운수가 좋으려나 칼퇴한 날 날씨까지 좋으면 왠지 모를 불안이 일렁이며 올라온다. 버스정류장에 서 있을 때, 모르는 번호로 전화 한 통이 걸려 왔다. 본인을 역학조사관이라고 소개한 그는 질병관리본부, 메르스 감염, 격리 등 일련의 단어들을 나열했다. 누굴 바보로 아나, 보이스피싱인가 라고 우습게 생각하기엔, 그의 목소리는 정중하면서 단호했다. 게다가 그는 내가 며칠 몇 시에 무슨 일을 했는지를 알고 있었다. 내가 병원에서 메르스 확진자와 밀접 접촉했다고도 했다. 밀접접촉과 격리가 무슨 의미인지, 내무사했던 하루가 어떻게 뒤집힐 것이라는 건지 알지 못했다. 잇따른 부서장의 연락을 받고 나니 이 거짓말 같은 에피소드가 농담이 아니란 사실을 알게 됐다.

그렇게 의료진에서 메르스 의심 환자가 되었다. 버스 정류장에서 몇 대의 버스들을 보냈다. 너그러운 마음에 받아 준 모르는 전화번호를 무시했다면 나는 무사한 하루를 지킬 수 있었을까. 자택 격리는 한 차례가 아니었다. 같은 날 근무했던 동료 간호사가 고열 증세를 일으키거나 구토, 설사가 시작되는 날이면 같은 근무 번을 했던 사람들 또한 밀접 접촉자로 분류되어 2주의 격리 Cycle이 다시 시작됐다. 시간이 지날수록 유증상자, 밀접접촉자로 부서 내 대부분 인력이 격리에 들어갔고, 남은 소수의 간호사들만이 외로이 출근하며 부서를 지켰다. 아픈 사람도 쉬는 사람도, 일하는 사람도 누구 한 편도 맘 편할 수 없었다.

2015년 5월 말에 퍼지기 시작했던 메르스 사태가 장기화되면서, 우리들은 마스크의 시대라는 "뉴 노멀(New normal)"에 금세 익숙해졌다. 병원 안에서는 마스크와 고글을, 호흡기 환자를 볼 때엔 우주복 같은 전신 보호 장구를 착용하는 게 더 이상 어색한 일이 아니었다. 현대 의학이 아무리 발전해도 이런 신종 바이러스 발병 앞에

선 무력할 수밖에 없다는 사실은 역문화충격처럼 다가왔다. 출근할 때마다 바이러스에 대한 새로이 알게 된 사실, 호흡기 환자 분류나 이동 지침 등 새로운 버전의 업무 규정을 익혀야 했다. 서른 몇 번째로 버전이 업데이트가 되자 이 답답한 보호 장구를 벗을 수 있는 새로운 시대는 쉬이 오지 않을 것 같았다. 출근하면 간호사로 퇴근하면 촐랑대는 우리집 막내로 살며, 내 나름대로의 일과 삶의 균형을 다시 찾아갔다. 가족들과 외식한 다음 날, 출근 전 확인한 체온계는 내 몸에서 열이 난다고 삐빅댔다. 초보 운전자이지만 누구보다 성실히 안전 규칙을 따르며 운전하던 나를 경찰차가 갑자기 불러 세워 뭘 잘못했는지 모르겠냐고 따져 묻는 것 같았다. 그렇게 나는 병원에서 제공한 격리 차를 타고 병원으로 이송되었다.

선별 진료소에 도착하고 나서 한 번 더 놀랐다. 다른 동료 간호사도 발열 증상을 보이며 도착해 있었는데, 그 동료가 하필 나와 탈의실 사물함을 공유하고 있는 동기였기 때문이었다. 감염원은 메르스이고, 감염 경로는 밀접 접촉, 병원 사물함 의심, 동일한 증상과 증상 발현일 등이 흥미롭게 내 진료 차트에 적히고 있을 것 같았다. 멀찌감치 앉아 검진을 받는 동료와 눈인사를 나눴다. 몸은 으슬으슬하게 아프고, 마음은 욱신욱신하는 두려움으로 가득 찼다. "망했다."라는 혼잣말이 튀어나왔다. 격리 병실 안에서는 고열과 설사 증상으로 화장실과 침대를 옮겨 다니며 기진맥진한 몸을 뒤집었다.

의료진이 환자가 되면 하지 않아도 될 걱정을 한다는 것도 그 방에서 알게 됐다. 침상에서 수액을 맞으며 앓으면서도 만약 메르스 검사 결과가 양성으로 나온다면, 만약 그렇다면 폐쇄 조치를 해제하고 드디어 정상 진료를 재개하려는 이 병원의 역적이 되진 않을지 걱정했다. 감염 관리에 허술하고, 보호 장구를 제대로 착용하지 않는 무능한 간호사로 낙인찍힐 것이었다. 의료진이 가족들을 감염에 노출시키고 다녔다며 받을 질책도 안 봐도 눈앞에 그려지는 듯했다. 물론 아무도 대놓고 손가락질하진 않겠지만, 사람들의 눈빛과 그 주변의 무거운 공기가 많은 말을 한다는 것을 나는 익히 알고 있었다. 검사 결과를 기다리는 여덟 시간 동안 과거의 동선을 되짚어 가며 무의미한 자기 검열과 자책을 반복했다.

코로나, 메르스와 같은 신종 바이러스가 아니더라도 의료진들은 항상 다양한 감염성 질환에 노출된다. 예를 들자면 적절한 보호 마스크 착용 없이 기침하는 환자를 하루 종일 케어했는데 뒤늦게 환자가 공기감염 질환인 결핵 진단을 받는 경우도 있다. 동료 간호사한 명은 잠복 결핵 판정을 받고 결핵약을 두세 달 동안 복용하며 출근했던 적도 있었다. 부작용이 세기로 잘 알려진 결핵약 복용으로 그 간호사는 한동안 계속 메스꺼움으로 고생을 했고, 약 자체의 간독성도 심해 난데없는 금주령도 따라야 했다. 채혈 과정에서 혈액 매개 질환의 노출, 즉, 환자를 찌른 바늘에 의료진 손이 찔리는 주사침 찔림 사고(Needle stick injury)도 빈번하게 일어난다. 그 외에도 의료기관 종사자의 감염 질환 노출은 다 적지 못할 정도로 다양하다.

물론 병원 내 감염원으로부터 의료진을 보호하는 업무 프로토콜과 감염 관리 시스템은 분명히 존재한다. 문제는 어떤 시스템도 완벽하지 않다는 것이다. 어느 영역에 속하는지 불분명한 회색 지대가 존재하고, 시스템을 착실히 따라도 곧잘 방역망은 뚫린다. 애초에 바이러스에 맞서는 사람의 면역 체계에 장갑과 고글을 씌운들, 백 퍼센트라는 방어율 수치는 현실성 없는 목표일지 모른다. 언제나 그렇듯 우리가 할 수 있는 것은 불완전한 시스템을 조금 더 안전하게 바꾸려는 시도와 그 안에서 최선을 다하는 것뿐이다. 그래서 우리들도 환자가 되는 걱정을 한다.

코로나를 앓고 다시 돌아온 간호사들

3월 말은 이미 낮 근무(Day shift) 간호사들 중 다수가 유증상자로 분리되어 자택 격리를 한다는 소식을 들었을 때였다. 며칠 전까지 얼굴을 보며 같이 근무했던 간호사의 이름을 들었을 때도 놀랐고, 휴게 공간에서 함께 밥을 먹은 동료 이름에도 놀랐다. 나와 다를 바가 없는 평범한 간호사들이었다. 업무는 정해진 대로 잘 따르고, 꾀부리지 않고 부지런히 일하는, 그런 동료들이었다.

뉴욕 소방 대원(FDNY)으로 일하는 친구에게 오랜만에 안부를 물었을 때도 상황은 비슷했다. 친구는 며칠이 지났는지도 모른 채 방에서 혼자 앓고 있었다. 열과 설사 때문에 기력도 없거니와, 모든 식욕을 잃어 게토레이만 마시며 버티고 있다고 했다. 호흡할 때 한쪽 가슴이 쑤시듯이 아프긴 하지만, 죽을 정도는 아니라고 했다. 소방대 내에 집단 감염이 일어났다고 뉴스가 나기 전이었다. 진행할 수 있는 검체량은 제한적이었고, 검사 결과가 나오기까지 십여 일이 걸릴 때의 일이었다. 건장한 소방 대원인 친구와 응급실에서 마스크의 콧등 부분을 꾸욱 누르며 긴장하는 환자들이 겹쳐 보였다.

코로나 검사 결과를 기다리는 동안 고열과 몸살에 시달리는 동료들의 이야기는 계속 들려왔다. 바이러스가 숙주에 낳는 두려움과 공포는 의료진도 피할 길이 없었다. 증상이 나타나기 하루 전까지만 해도 호흡곤란 환자에게 마스크를 씌우던 사람들이었으니 그럴 만했다. 멈추지 않고 기침을 해 대는 사람들에게 다가가 약을 주거나 주사제를 주입하는 일을 종일 반복하는 게 우리들의 일이니까. 방사선사인 친구가 흉부 엑스레이 촬영을 할 때마다 매번 환자를 끌어안아 엑스레이 필름을 환자 등 뒤에 넣는다는 말도 떠올랐다. 무증상 감염자가 무증상 기간 동안에도 전파력이 있다는 주장이 설득력을 얻을수록, 의료진들은 각자의 격리된 방에서 무거운 마음까지 감당해야 했다. 무증상 기간 동안 보호 장비 없이 마주쳤을 동료들, 가족들, 알 수도 셀 수도 없는 접촉자들에 대한 마음이었다. 그 무게를 누군가는 죄책감이라고 부르기도 했고, 누군가는 사명감이라고 불렀다.

바쁜 낮의 일상이 몇 번이나 지나가자, 사라졌던 간호사들이 하나둘 부서로 돌아왔다. 가벼운 증상만 앓고 돌아온 간호사들이 있는 반면, 호흡 곤란으로 입원 치료를 받고 있는 동료 소식도 들렸다. 반가움과 안도감도 잠시, 돌아온 동료들 중 몇몇은 다시 몸 상태가 악화되기도 했다. 열이나 기침은 없었지만 지속적으로 사람을 가라앉게 만드는 두통, 몸살 증상이 간헐적으로 사람을 괴롭히는 게 같이 일하는 내 눈에도 보일 정도였다. 다시 병가를 쓰고 일을 쉬는 간호사들이 속출했다. 시간이 한참 지나서야, 증상이 좋아졌다 나빠졌다를 반복하는 것도 코로나 감염의 특징 중 하나라는 것을 알게 됐다.

뉴스에서는 뉴저지주 병원의 간호사가 코로나 감염으로 치료를 받다가 생을 마감했다는 이야기가 나오고 있었다. 운명을 달리한 의료진에 대한 뉴스와 함께 비통하게 우는 가족들의 인터뷰를 본 지 얼마 안 됐을 때 일이었다. 한국에 있는 가족들이 안부를 물을 때마다 질문이 끝나기가 무섭게 잘 지내고 있다고 대답했지만, 사실은 바이러스가 두렵지 않다고 말하기는 어려웠다. 함께 일하던 동료들이 한두 명씩 격리되어 갔다. 스케줄표에서 그들의 이름에 줄이 그어져 있는 것을 발견하거나, 고열이나 호흡곤란으로 환자가 되어 치료를 받는 것을 지켜보는 것은 여태 겪어 본 적 없는 공포였다. 응급실에서 오래 일할수록 '아무렇지 않은 척하기' 같은 실력만 늘어 가고 있었다. 어떤 환자도 바이러스를 두려워하는 간호사에게 치료받고 싶지 않다는 것을 잘 알기 때문이다.

한 동료 간호사가 격리된 지 한 달이 지나 직장에 다시 돌아왔다. 코로나 진단을 받고 산소 치료 중 하나인 고유량산소호흡치료를 받다가 한참만에 퇴원했다고 했다. 응급실을 통해 입원할 때부터 산소 요구도도 높고 컨디션이 좋지 않았다는 것을 알고 있었다. 걱정이 많이 되었지만 연락을 꾹 참았던 터라 할 말을 두서없이 쏟아 내게 됐다. 그 동료를 치료했던 주치의도 그렇고, 나도 직접적으로 말하진 않았지만 다신 못 볼 수도 있겠다는 생각이 스쳤던 터라 돌아온 모습을 보고 미안하고, 놀랍고, 자랑스러웠다. 동료는 본인이 직접 코로나 환자가 되어 본 이야기를 여과 없이 들려줬다.

평소 발랄했던 동료의 얼굴에서는 오랜 산소 치료로 인해 헌 코가 제일 먼저 눈에 띄었다. 주사약물 치료에 이은 부작용으로 난생처음 부정맥을 겪기도 했는데, 그중 치명적인 심실상성 빈맥(SVT, SupraVentricular Tachycardia)이 여러 차례 찾아와 심장이 멎을 뻔한 고비를 넘긴 에피소드들을 들을 때엔 그 무섭고 위험한 시간들을 다 이기고 온 동료를 안아 줄 수밖에 없었다. 매일 땀에 젖어 기름졌던 머리, 더러운 피부, 얼떨결에 대소변을 실수한 자신의 밑까지 닦아 주던 동료 의료진들의 이야기까지. 간호를 제공하던 주체였던 본인이, 순식간에 고장난 몸을 동료들에게 의존하게 되어 버리며 느낀 무력감이 나에게도 몰려왔다. 병상에 있는 동안 혹시 아들 대학 졸업을 못 보게 될까 봐 잠이 들 때마다 두려움을 삼켰다고 했다. 평소 가족 이야기라면 하루가 부족하게 했던지라 그 공포가 고스란히 느껴졌다. 아무리 노력한다 해도, 그 격리된 시간에 철저히 갇혀 본 사람의 마음을 충분히 가늠할 수 없을 것이었다. 그저 한참을 도

닥이며 같이 울었다.

 이야기의 굴곡마다 가슴이 덜컹덜컹 내려앉았다. 쉽게 낫고 잊히지 않을 트라우마 모음 전집 같았다. 가장 마음 아픈 부분은 이 모든 게 아직 진행형이라는 것이었다. 동료의 몸뚱이는 분명 부서로 돌아와 우리와 함께 일을 하고 있지만, 예전의 내가 알던 그 동료가 아니었다. 발랄하고 파이팅 넘치며 매 순간 소소한 장난을 던져 가며 분위기를 살리던 눈동자가 생기를 잃은 채 나를 보고 있었다. 바이러스에 감염되지 않았다고 트라우마가 없다고는 말할 수 없었다. 앓는 것을 목격하는 것만으로도 생채기가 생겼다.

 하지만 중요한 사실은 간호사들이 돌아왔다는 것. 그리고 그곳에 우리는 함께 있었다는 것이었다.

나는 내가 아픈 줄도 모르고

펴 낸 날 | 초판 1쇄 2023년 4월 19일

지 은 이 | 김채리

펴 낸 곳 | 데이원
출판등록 | 2017년 8월 31일 제2021-000322호
편집부(투고) | 070-7566-7406, dayone@bookhb.com
영업부(출고) | 070-8623-0620, bookhb@bookhb.com
팩   스 | 0303-3444-7406

나는 내가 아픈 줄도 모르고 ⓒ 김채리, 2023

ISBN 979-11-6847-393-5 (03810)